ハーレクイン文庫

ハロー、マイ・ラヴ

ジェシカ・スティール

田村たつ子 訳

HARLEQUIN
BUNKO

WHEN THE LOVING STOPPED

by Jessica Steele

Published by Harlequin Japan, a Division of K.K. HarperCollins Japan, 2023

ハロー、マイ・ラヴ

◆主要登場人物

ホイットニー・ローフォード……秘書。
エリカ……………………………ホイットニーの親友。
トビー・ケストン………………ホイットニーの同僚。
ダーモット・セルビー…………ホイットニーの元交際相手。
スローン・イリングウォース……実業家。
グレダ・コーフィールド………スローンの婚約者。
ミセス・オルトン………………スローンの館の家政婦。

1

　このところあまりぱっとしない毎日が続いていたけれど、それでもこんなところに来るくらいなら家で退屈していたほうがましだったろう。パーティーの人ごみを避けて化粧室に退却したホイットニーは、今夜のパーティーのパートナーになってほしいというトビーの懇願に負けてしまったことをまた後悔していた。

「頼むから一緒に行ってくれないか」トビーは哀れっぽい口調で言った。「何週間か前に君を誘ったとき、当分はだれともつき合う気はないと言われたのは忘れちゃいない、でも、ただの友達としてならいいだろう？　君を困らせるようなことは絶対にしないと約束するよ」

　トビー・ケストンは会社の同僚で、年はホイットニーと同じ二十三歳。でもなぜかホイットニーには彼がいくつも年下のように感じられるのだった。トビーのことは嫌いではないが、そのことについて言えば、会社のだれもが彼を嫌っていなかった。

「頼むよ」トビーはしつこく繰り返し、ちょっと途方に暮れた少年みたいにこわごわこう言ってホイットニーの同情を勝ち取った。「パートナーがいないんならだれか友達を紹介するって姉貴に脅されているんだ。ヴァレリーの知り合いは世慣れたプレイガールばかりだってこと、知っているだろう?」

ホイットニーが世慣れた女の子ではないかのようなほのめかしはさておき、彼女はトビーを苦境から救おうと心に決めた。「オーケー、一緒に行くわ。で、あなたのお姉さま、ロンドンのどこに住んでいらっしゃるんだったかしら?」

「パーティーはヴァレリーのところでするんじゃないんだ」トビーがいかにもほっとしたように顔をほころばせるのを見て、ホイットニーはもうあとには引けないと感じた。

「そう?」

トビーは首を振り、それは姉の女友達が婚約者の帰国を歓迎して開く、一種のサプライズパーティーなのだと説明した。彼の話によるとこうだった。その友達グレダ・コーフィールドは、仕事で三カ月も海外に出かけていた婚約者が久しぶりに帰ってくるので、彼のために歓迎パーティーを開くという。できるだけ華やかに彼を迎えようと、グレダはひとりでも多くの客を集めてほしいとヴァレリーに頼んだらしいのだ。

「その婚約者だけれど、パーティーを喜ぶのかしら?」常識的に考えると、三カ月ぶりに再会する恋人たちであれば、しばらくは二人きりで過ごしたいと思うのが当然ではないか? でも、たぶん、それが世慣れた人たちのやりかたなのかもしれない。

「グレダはそう思っているようだ。そしてヴァレリーも」トビーはうなずいた。「ヒースランズ館《やかた》には家政婦がいて、パーティーに協力してくれるらしいし……」

「ヒースランズ館？」

「バークシャーにあるスローン・イリングウォースの屋敷さ」

「バークシャー？　パーティーはそこで開かれるの？」

「ハイウェイで行けばそんなに遠くないし、姉貴がぼくたちを乗せていってくれるはずだ。車は大型でゆったり座れる。それに、ぼくとしてもそのほうが好きなだけ飲めるからね」

その暖かい五月の宵、ホイットニーは細いストラップつきのしなやかなドレスを着て、トビーとヴァレリーを待った。姉と弟であればどこか似通っているところがあっても不思議ではないが、彼らは容姿が対照的であるだけでなく、優しくて気のいいトビーに対して、姉のほうは冷淡で高慢な感じだった。

ヒースランズに着いてもヴァレリー・ケストンに対する第一印象は変わらなかった。彼女は弟にひとことおり挨拶《あいさつ》してくるようにと命令口調で言うと、「ダーリン！」と甘ったるく叫んで、いくらか太り始めた男性のほうに踊るような足取りで近づいていった。その男の腕を取ると、彼女は弟を無視して今夜のパーティーの主催者をつかまえ、ホイットニーを紹介した。

「まあ、ようこそ」エレガントで自信に満ちたブロンド美人、グレダは気取って言うと、途方もなく大きなサファイアとダイヤモンドの婚約指輪をはめた左手を、みんなが勝手に飲み始めている客間のほうにひらひらさせ、すぐにほかの客に注意を向けた。「まあ、ダーリン、ようこそ!」

「まあ、ダーリン、ようこそ!」ホイットニーは鏡の中の自分に顔をしかめた。グレダ・コーフィールドの口先だけの歓迎を受けてから何年もたったような気がするけれど、あれはほんの三時間前のことだった。

青年実業家だか何だか知らないが、三カ月も仕事で外国に行っていたというこの館の主《あるじ》が現れない限り、トビーをつかまえて帰るわけにもいかない。それに、マナーのよさを自認するホイットニーとしては、これ以上化粧室でぐずぐずするわけにもいかなかった。

小ぢんまりした化粧室にだれかが入ってきて、ホイットニーは長い栗《くり》色の髪を整えていたようなしぐさをしてその女性に会釈をし、アルコールづけのパーティーに戻った。

しばらく避難していた間にパーティーの中心は客間から大ホールに移っていたが、そこにトビーの姿はなく、ホイットニーは彼を捜しに客間のほうに歩き始めた。最後にトビーと話したとき、彼は相当酔っ払っているようだったけれど……でも、ここにいるだれもが、したたかに飲む以外に楽しむ方法はないと考えているかのようだった。

「いいえ、もう十分いただきましたわ」よろよろと千鳥足で近づいてきた男が震える手でウイスキーのボトルをさし出すのを見て、ホイットニーはできる限り感じよく言った。

「へっ、気取ったもんだ」その男はむっとしたようにぶつぶつ言うと、またおぼつかない足取りで行進を始めた。

トビーを捜すのがこれほど大変なことだとは思わなかった。それから五分後、ホイットニーはまだ、音楽に合わせて回転するカップルの間を通り抜けようと四苦八苦していた。アルコールで手がつけられなくなった男たちの誘いを適当にかわしながら人ごみの間を縫っていくと、後ろからねっとりした男の手に肩をつかまれた。

「よう、かわい子ちゃん」赤ら顔に汗を浮かべた男がなれなれしい目つきで誘った。「踊ろう」彼は言うが早いか冷たく湿ったてのひらをホイットニーの肩に当て、だれにぶつかろうがおかまいなくぐるぐると回転し始めた。いらだちは嫌悪感に変わり、彼女は思いきり男のみぞおちに肘鉄砲をくらわした。

赤ら顔がみぞおちをさすって何やら文句を言っているうちに、ホイットニーはさっとその場を離れ、踊り手たちの間にまぎれこんだ。

ようやく空間を見つけたのは、コーナーを曲がったところ、二階に続く階段の下だった。そこで立ち止まったホイットニーは、さっきの赤ら顔から首尾よく逃げおおせたと思ったのは甘かったことに気がついた。首尾よくどころか、ドレスの右肩のストラップが引きちぎられるという結構な代償を払わされてしまった。あのたぬきみたいなおなかにもっと強烈なパンチをくいこませてやるんだった！

ぷりぷりして歩きだしたホイットニーは、階段に近づけないように、その手前にいくつもの低いついたてが置かれているのに気がついた。だれが考案したか知らないけれど、パーティー客の全員が階段も上がれないほど泥酔しているわけではないので、二階のプライバシーを守るにはなかなかいい思いつきではあった。

引きちぎられたストラップをドレスの胸もとに押しこみ、廊下を何歩か戻って、コーナーから今は盛りのパーティー会場をのぞいた。トビーはどこかしら？　けれどもトビーの代わりに目についたのは、じっとりした手でストラップを引きちぎった、あのいまわしい赤ら顔だった。

「何てずうずうしい男かしら！」ホイットニーは不機嫌につぶやいて頭を引っこめた。彼は性懲りもなくきょろきょろとあたりを見回し、だれかを捜している様子だ。そのだれかがホイットニーであるのははっきりしており、左肩のストラップまで引きちぎられたくなかったら彼の目の届かないところに避難するしかなかった。

湿った手の感触を思い出して身震いし、ホイットニーは軽い、しかしきっぱりした足取りで、あの男には絶対に上がれっこない階段をすばやくのぼった。

階下からの明かりが届かないので二階の踊り場は薄暗く、ホイットニーはしばらくそこに立ってぼんやりしていた。

あの赤ら顔も、普通のときに会ったらきっと無害な男なのだろう。でも、もしいつかどこかで偶然出会ったとしても、彼が退屈きわまりない男であることに間違いはない。そして今夜、これ以上退屈を我慢したくはなかった。

ホールにいるだれとも――酔っ払ったトビーも含めて――つき合う気はなく、ホイットニーは華奢《きゃしゃ》な体を壁にもたせかけ、スローン・イリングウォースとかいうグレダの恋人が一刻も早く館に到着しますようにひそかに祈った。

パーティーの主人公が現れるまでは帰ってしまうわけにはいかないし、たとえ礼儀を無視していとまを告げたとしても、自分の車で来たわけではないので、トビーとヴァレリーが帰る気になるまで待つ以外になかった。

そろそろ帰りたいなどと言ったら、ヴァレリー・ケストンにどう思われるかはわかりきっている。ホイットニーは疲労と退屈の入りまじったあくびをもらした。いつもならとうにベッドに入っている時刻だ。

ベッド……今すぐベッドにもぐりこめたらどんなにいいだろう。真ん前にあるベッドルームのドアをものほしげに見つめた。他人のベッドにもぐりこむわけにはいかないにしても、ひとりで静かに座っているだけなら……。そこに行ってドアのノブを回してみたいという衝動を抑えるにはかなりの意志の力が必要だったが、階下のいくつかの部屋がそうだったように、おそらくここにも鍵《かぎ》がかかっているだろうと考えてあきらめた。

いずれにしても〝おかえりなさい！〟の大合唱がわき上がるまで隠れているべきでない

のは確かで、ホイットニーはしぶしぶ壁際から離れ、パーティーに戻るつもりで廊下を渡った。

ところが気がつくと、彼女の手は知らぬ間に、ベッドルームの冷たいセラミックのドアノブにからみついていた。そしてさらにその指は、ドアが実際に開くかどうか確かめるまでノブを放そうとはしなかった。

大きなドアがゆっくりと開き、中をのぞいたけれど、部屋にさしこんだわずかな光では大きなベッドが一つ見える以外、ほとんど何も見分けることはできなかった。

ベッド……だれもいないこの部屋に入ってしばらくあそこに座っていられたら！　少しの間切望にも似た気持と闘っていたが、そのとき廊下で騒々しい笑い声が爆発し、ホイットニーはまったく衝動的にベッドルームに滑りこんでいた。

何分か休むだけ。ドアを細く開けたままにしてベッドに近づき、マットレスの端に座った。

ここがだれの部屋かは問題ではない。ほんの一分か二分休むだけなのだから。静けさと暗闇《くらやみ》に包まれて座るのがこんなに快適だと感じたことはない。今さら後悔しても始まらないが、パーティーにつき合ってほしいというトビーの懇願に負けたのがそもそもの間違いだった。いや、階下での乱痴気騒ぎはパーティーというより運動会と言ったほうが当たっているかもしれない。

その夜の疲れがじわじわと押し寄せてきて、無意識のうちに靴を脱ぎ、マットレスの上に脚を引き上げた。ふと、パーティーを楽しめないのはあながち階下の人々のせいばかりではないかもしれない、という思いがこみ上げてきた。このパーティーの何もかもがつまらなく思えるのは彼女自身の中に問題があるとも考えられる。パートナーがトビーではなくダーモットだったら――それでもこんなに落ちこんでいただろうか？

ダーモットに会う前の私だったら、違う感じかたをしていたかもしれない。ダーモット……。

六カ月前、ホイットニーはホブソンという園芸用具の会社で秘書として働き、その仕事を気に入っていた。そしてある月曜日、ダーモット・セルビーが新しいセールスマネージャーとして入社してきたのだ。

初めての握手、〝ここでの仕事は楽しいものになりそうです〟という初めての言葉から、ホイットニーはこれからの毎日が今までと大きく変わるだろうと直感した。

まもなくダーモットとのデートが始まった。「新しい会社に入ったばかりで覚えるべきことは山ほどあるし」と彼は言った。「ホブソン始まって以来のセールスマネージャーになるためには人一倍働かなくちゃならないからね。本当なら毎晩君と会いたいところだが……」

「それ以上言わないで、わかっているわ」忙しいダーモットが週に二回時間を割いてくれるだけで嬉《うれ》しかったし、できるなら彼の秘書になって遅くまで一緒に働きたいくらいだった。つまり、ホイットニーは彼に恋していたのだ。

それから二カ月ほどたったある日、昼休みにちょっとした買い物をしていると、たまたまダーモットの秘書をしていたアマンダ・クラークと鉢合わせをした。お互いに顔見知りという程度だったので、会釈をして通り過ぎようとしたとき、相手に一種のためらいのようなものを感じてホイットニーは足を止めた。二人は向かい合って立ち、ホイットニーはアマンダが何か言うのを待った。あとになって考えると、アマンダを何かしゃべらざるをえない立場に追いこんだのはホイットニー自身だった。

とにかく、アマンダの言ったことはホイットニーを心底揺さぶったことは確かだ。「あなた、ダーモット・セルビーとデートしているって、本当？」アマンダはやぶからぼうにきいた。

「ええ」彼女が二人の関係をやいているのかもしれないと思いはしたが、ホイットニーは持ち前の率直さで答えた。「何週間か前からときどき一緒に出かけているわ」

相手の苦しみを少しでもやわらげるにはどう続けたらいいかしらと迷っていると、アマンダは思わぬ爆弾宣言で立場を逆転させた。「ご存じかしら……彼が結婚してるってこと？」

「結婚……している？」その言いかたは、どんな言葉より雄弁に、彼女が何も知らないことを物語っていた。「まさか、そんなこと……あなたこそ何か誤解していらっしゃるわ！　だって……」

「本人に直接きいたら？」アマンダは静かにさえぎり、すぐにその場を立ち去った。

嘘《うそ》、そんなはずはない。頭がくらくらし、ホイットニーは何とかオフィスに戻ったが、その日の午後はほとんど仕事が手につかなかった。ダーモットが結婚している？　そう、もしかしたら結婚していたかも……でも万一そうだったとしても、今ははっきり別れているに決まっている。

その日の午後ダーモットが外出しているのを知らなかったら、早速彼のオフィスに飛んでいって事実を問いただしていただろう。でも彼は出かけており、すべてをはっきりさせるには夜まで待つ以外になかった。幸か不幸かその晩彼と会う約束になっていて、ホイットニーは彼を待ちながら、今まであまり深く考えなかったいくつかのできごとを思い起こしていた。いつだったか、彼が見たがっていたショウの切符を二枚手に入れたことがあった。

「実は土曜日に伯母が来るんで」ダーモットは切符を見て残念そうにつぶやいた。「空港まで迎えに行かなければならないんだ。ずっと前からの約束でね」

考えてみると、有能な三十歳の独身男性が土曜の夜、伯母の到着を待って空港でつまらぬ時間を浪費するなんて不自然だ。それも、伯母がいるなんて話はそれまで一度も聞いたことがないのだから。本当にたまたま伯母さんが来たのか、それとも、週末は家庭サービスを強いられているのか……。

疑惑が疑惑を呼び、ホイットニーは痛む心でもう一つのささいなできごとを思い出した。ある晩別れ際にダーモットを抱きしめたとき、彼がびくっと身を引いたことがあった。

「シャツに口紅をつけないでくれよ！」彼は慌てて言った。

「まあ、ずいぶん身だしなみを気にするのね」ホイットニーはひやかした。「でもご心配なく、口紅はつけていないわ」

自分が何をしているかほとんど意識せずに、ホイットニーはヒースランズ館の大きなベッドに身を横たえ、ふっくらした枕《まくら》に頭をつけると、それ以上苦しみを寄せつけまいとするように両膝を折り曲げた。思いは再びあの悲劇的な木曜の晩に戻っていく。

「やあ」フラットの外のドアを開けたホイットニーにダーモットは言った。「君に会うだけで一日の疲れが吹っ飛ぶよ」

「どうぞお入りになって」そうは言ったが、フラットの階段を上がり、部屋に入ってドアを閉めるまで質問を引き延ばすことはできなかった。「あなた結婚しているの？」

「えっ？　だれが……そんな……」

しどろもどろの返答はそれ自体が明確な答えだった。「帰って、ダーモット」ホイットニーは氷のような声で言った。

ダーモットは初めて見る冷ややかさにまごついているようだったが、ホイットニーはそんな彼を無視してドアを大きく開けた。

「君をだますつもりでは……」

「結婚しているの、それともしていないの?」ホイットニー自身、この無機質な冷たい声が自分のものであるとは信じられなかった。優しく、もの静かで、争いごとを好まない、いつものホイットニーは影をひそめ、その代わりに青白く凍りついた見知らぬ女性がいた。

「している。そう、確かにぼくは結婚している」ダーモットは認めた。「でも君を愛しているんだ」

一瞬、ホイットニーの心はぐらついた。ダーモットの愛が欲しい。彼に〝愛している〟と言われるときをどんなに待ちこがれていたか! 「今でも奥さまと一緒に暮らしているの?」たとえ形の上で結婚していても、彼らの間に愛がなく、結婚生活が事実上破綻《はたん》しているのであれば、そして別居しているのであれば、何とかその現実を受け入れることができるかもしれない。

ところがダーモットの答えは期待を裏切った。「今のところはそうするしかないんだ」

「そうするしかない?」

「子供たちが小さいうちは母親がいないとね」

ダーモットの言葉は新たなショックを彼女に与えた。妻ばかりか、子供までいるなんて夢にも思っていなかった。

「子供たちが大きくなったら妻とは別れる。そしてぼくたちは……」

ホイットニーは突然ショックから立ち直り、それ以上の言葉をきっぱりとさえぎった。

「私たちの間には何もないわ!」

その夜、ホイットニーは涙に値しない男のためにさめざめと泣いた。でも流した涙のすべてがダーモットのためなのか、それとも涙のいくらかは、そのできごとがよみがえらせた亡き母の悲しみのためなのか、よくわからなかった。

あれは二十歳のときだった。ある日ベルに応《こた》えてドアを開けると、そこには見知らぬ三十代半ばの女性が立っていた。あとで考えたことだが、そのとき用件を尋ねてさえいればあれほど母を苦しませずにすんだかもしれない。でもそのころ家庭は平和で満ち足りており、その女性がミセス・ローフォードに会いたいと言ったときも、何のためらいもなく居間に招き入れたのだった。

「失礼ですが、お名前は?」母を紹介してからにこやかにそうきいたのを覚えている。

「名前なんかどうでもいいわ」とその女性は言い、自分は五年前からミスター・ローフォードといい仲なのだと宣言して母と娘を仰天させた。

父に愛人がいた——それも五年も前から——そう知った衝撃はあまりにも大きく、ホイットニーは何も言わずにその女性を玄関のほうに押し出そうとした。でもそのときはまだ父の裏切りを百パーセント信じていたわけではない。そこへローレンス・ローフォードが帰宅し、居間に入ってきた彼に三人の女性の視線が注がれた。

「これはいったい……」父は叫び、青ざめた母から、たった今愛人宣言をした女性に目を移した。

「こうするっきゃなかったわ」彼女は茫然《ぼうぜん》として見守るホイットニーの前で、ローレンス・ローフォードが妻と別れると何度も約束したこと、でもいっこうに実行に移す様子がないので家に押しかけるしかなかったことをぶちまけた。ミセス・ローフォードに、夫が離婚を望んでいると知らせるのがお互いのためなのだとも言った。

ところがローレンス・ローフォードのほうには居心地のいい家庭を出るつもりはさらさらなかった。その後父と母の間に何があったかは知らない。でもそれ以降母は変わってしまった。ぼんやりすることが多くなり、約束ごとやら用事やらを忘れ、夫への不信をさらにつのらせていった。

母は父の背信のショックから決して立ち直ることはなかった。それから何カ月かのち、母はドライヴ中に、とまっていた大型トラックに車を激突させ、意識を回復することなく数日後にこの世を去った。それが事故であったか自殺行為であったかは別として、母が絶えず夫の裏切りに苦しんでいたことは確かだった。

ホイットニーは父は父として愛しはしたが、もはや親しみを感じることはなかった。まもなく父は再婚し——相手は家に乗りこんできた女性ではなかった——ホイットニーは家を出た。

彼女はロンドンに行き、ユースホステルを宿にしてホブソン園芸用具で働き始めた。入社して四カ月後、運よく現在のフラットを借りられるようになった。

ダーモット・セルビーと別れた翌日、彼女はホブソンに辞表を出した。それから一カ月後アルフォード・プラスチックに勤め、そこで知り合った人たちの中に親切なトビー・ケストンがいた。

「今夜、あいてる?」アルフォードに入って一週間目にトビーが声をかけてきた。

「いいえ」相手がどう感じようがおかまいなく、そのときホイットニーはにべもなくはねつけた。しかし、一カ月もすると、男性がみなダーモットのような男とは限らないと冷静に考えられるようになり、そしてトビーをもっとよく知るにつれ、彼の感じやすさがわかるようにもなった。いずれにせよ、トビーのような好青年に警戒心を抱く必要はまったくなかった。

トビーといえば……そろそろパーティーに戻って彼を捜したほうがいいかもしれない。でもここはヒースランズに足を踏み入れてから初めて見つけた安らぎの場所。あれから何時間たつのかしら? 暗くて時計の文字盤は読み取れないけれど、大ざっぱに計算すると午前二時前後だろう。それなのに階下のどんちゃん騒ぎはまだ続いている。

トビーを捜しに行かなくては……目を閉じると疲れが体じゅうにしみ渡っていくのが感じられる。問題は、ここがあまりにも居心地がいいということ。それに、べつに今すぐパーティーに戻らなくても、いずれこの館の主が到着すれば階下から〝おかえりなさい！〟の歓声がわき起こるだろう。

ほんの少し肌寒く、ホイットニーは何げなくベッドカバーを体に巻きつけたが、それでは何だか中途半端で、改めて体をずらして毛布の下にもぐりこんだ。

うーん、いい感じ。何分か休んで、出ていく前にベッドカバーをきちんと直しておけばいいだろう。それにしてもスローン・イリングウォースはいったいどうしてしまったのかしら？　何らかの理由で飛行機が遅れている？　飛行機……ダーモットは土曜日に伯母を迎えに飛行場まで行かなければならないと言っていた……ダーモットの偽り……父の裏切りに絶望した母……断片的なイメージが次から次へと押し寄せてきて頭の中でごちゃごちゃになり、ホイットニーは階下から届くざわめきを聞きながら眠りこんでいた。

どのくらいたったのだろう？　悪夢に追いかけられて眠りの中から浮かび上がると、本当の悪夢はそこから始まった。

「あなた、どういうつもり？　二階には上がれないようになっていたはずよ！」金切り声が響き、次の瞬間、だれかが部屋に飛びこんできて明かりをつけた。

音楽やら人々の笑いさざめきやら、間断ない騒音に包まれた暗闇で眠っていたので、突然の静寂とあふれるような光の洪水は、眠りと覚醒《かくせい》のはざまでまだもうろうとしていたホイットニーをいっきに現実の世界に引き戻した。

左わき腹を下に、横向きに丸まっていたホイットニーは、まぶしさに右手をかざして目をしばたたき、自分が信じられない状況に置かれていることに気がついた。ベッドの向こう端に、がっしりしたあらわな男の肩が見える。つまり、彼女ひとりがこのベッドを占領しているわけではなかったのだ。

ベッドを共有していた男性は、びっくり仰天して身動き一つできずにいるホイットニーの目の前で、何やら不服そうにつぶやきながら体を起こした。

ホイットニーも起き上がろうとしたけれど、ドアのほうから聞こえるどよめきにはっとして、彼ばかりか、自分自身の肩もあらわであることに気がついた。頭が混乱して、眠る前の状況がどうだったか思い出すこともできない。服を脱いだのだったかしら？　それとも……とっさに判断をつけかねて、しかたなくそのままじっと横たわっていた。

「あなたってそういう人だったの！」ヒステリックな叫び声がし、ホイットニーはわずかに身をよじってドアのほうを見た。声の主以外にも大勢の人たちが集まって、ベッドに横たわる二人を見つめている。「ひどいわ！　今までずっと信じていたのに！」隣で目覚めた男性をののしっているのはもちろんグレダ・コーフィールドだった。

ホイットニーはグレダの婚約者、スローン・イリングウォースと面識はない。でも、眠気を振り払おうとするように頭を揺すっている三十代半ばの、ハンサムで精悍《せいかん》な感じのこの男性がその人であることは間違いなかった。

2

でも、金髪でグレイの瞳のこの館《やかた》の主《あるじ》をゆっくり観察する暇はなかった。なぜなら、グレダ・コーフィールドはさらに声を荒らげて攻撃のほこ先をホイットニーに向けてきたからだ。

「そしてあなた、さぞかしご満足でしょうね」グレダは声にさげすみをにじませて言った。「泥棒猫のようなあなたのおかげで私たちの婚約がだめになったんですもの！」

「そ、そんな……私……」後ろめたさを感じる必要はまったくないのに、これが悪夢の続きででもあるかのように、舌がもつれて思うような言葉が出てこない。しかし幸い、しどろもどろのホイットニーに代わってスローン・イリングウォースが行動を開始した。

婚約解消を宣言されたことで狼狽《ろうばい》したのか、スローン・イリングウォースはだれが見ていようがおかまいなしに裸のままベッドから下り、近くにあったローブをつかんで腕を通した。目をそらすのが遅すぎて、ホイットニーは筋肉質の太腿をちらっと見てしまった。

ことの成り行きを茫然《ぼうぜん》と見守っているホイットニーを無視して、彼は一瞬のうちにほかのみんなが消え去った戸口のほうに行き、グレダの腕をつかんで廊下に出ていった。

それから一分ほど、ホイットニーはしびれたように横たわっていたが、自分が服を着たまま毛布の下にもぐりこんだことをはっきり思い出し、ほっと胸を撫《な》で下ろしてベッドから滑り下りた。

でもどこに行ったらいいかしら？　スローン・イリングウォースがグレダに事情を説明し、誤解をとこうとしているのであれば、今彼らの前に姿を現すのは得策ではない。ホイットニーはあたりを見回し、ドア一つで隠れられるバスルームで頭を冷やすことにした。十分ほどそこにいるうちにだいぶ落ち着きはしたが、それでも彼らが仲直りの最中である場合を考えて、もう少しじっとしていようと心に決めた。わざとしたわけではないにしろ、今夜これ以上のトラブルを引き起こしたくはない。まさかこんな騒ぎに巻きこまれるとは思わなかった。

それにしても、婚約者が歓迎パーティーを開いているというのにスローン・イリングウォースはなぜベッドで眠りこんでいたのだろう？　彼は海外で新しい事業を始めるために飛び回っているのだと、ここに来る車の中でヴァレリーが言っていた。おそらく仕事と長旅とでへとへとになって帰ってきたに違いない。

たった今、ベッドルームの入口から好奇に満ちたまなざしで中をのぞいていた人たちの中に、ヴァレリーとトビーの顔がなかったのは不幸中の幸いだった。どっちみち、このホットニュースが彼らの耳に入るのは時間の問題ではあるけれど……。

さらに十分。そろそろスローンとグレダが仲直りをするころ合いだ。

ホイットニーはバスルームのドアを細く開いて耳をそばだてた。何の物音もしない。あれほど騒々しかった館が信じられないほどの静寂と平和に包まれている。だが、もう何センチかドアを開けたとたん、その静寂は破られた。

「バスルームから出たいならさっさと出てきたらどうだ！」ひどく不機嫌な男の声がかみつくように言った。「とにかく今夜は眠りたいんだ」

そろそろとドアを開けたが、すぐに出ていく勇気はなく、ホイットニーは歩きだす前にごくんと生つばをのみこんだ。「あの……あなたが……ミスター・スローン・イリングウォース？」

「そのとおり」胸毛に覆われたたくましい上半身をベッドの上に起こし、彼は相変わらず無愛想に言った。「どうやら服は見つけたらしいね」グレイのまなざしが頭のてっぺんから足の先まで滑り下りる。

彼の皮肉を理解するのに一秒か二秒かかった。「服は最初から着ていましたわ」この男性まで彼女が裸で寝ていたと思いこんでいるらしい。「さっきどこかの酔っ払いにドレスのストラップを引きちぎられてしまったことを別にすれば、今夜は最初から最後まできちんと服を着ていました」堅苦しく言った。「靴は脱ぎましたけれど」

「お行儀のよさを自慢しているの、それとも文句を言っているの?」スローンは意地悪く言う。

ホイットニーは、どうもこの男性を好きになれそうもないという結論を出し、彼をひたすら無視してさっき脱いだ靴を捜し始めた。ベッドのすぐ下にあったので、かがんで拾い上げると大急ぎで足を滑りこませた。ホイットニーはどちらかというと背が高いほうだし、今の場合、相手は座り、こちらは立っているという条件ではあったが、それでももう何センチか背が高ければ多少ましな気分になれるかもしれないと思った。

そのときになって、たとえ彼がいやな感じであってもさっきのことは謝るべきだと気がついた。彼は一刻も早く邪魔者を追い出したいと思っているに違いないが、何も言わずに出ていくわけにはいかない。

「申しわけありませんでした」ドアのほうに一歩近づき、ホイットニーはできる限り落ち着いた声で謝った。「どなたかのベッドを勝手に使ってはいけないことくらいわかっていたのですけれど……」

「君、ひとりだったの?」

「もちろんひとりでしたわ!」ホイットニーは不快なほのめかしにむっとして言い返した。

「パーティーが退屈だった?」

「ああいうパーティーには……慣れていないんです」あの乱痴気騒ぎの主催者が彼の婚約

者だということを思い出し、当たりさわりのない言いかたをする。

「それでベッドにもぐりこむことにした？」

「最初からそうするつもりだったわけじゃありません！」ホイットニーはきっぱりと言い、眉をひそめてつけ加えた。「あなたがベッドに入ったことにも気がつきませんでしたわ」

「君を起こさないようにしたんだ」スローンはかすかな笑いを含んだ声で言った。

「私がいたこと、ご存じでしたの？」相手の言葉をそのとおりに受け取って、ホイットニーは目を丸くした。

「いや、知らなかった」

ホイットニーは唇をかんだ。からかわれていることに気がつかないなんて、間抜けな女と思われてしまったに違いない。「とにかく、あんなことになってしまって申しわけありませんでした。グレダが怒るのも当然ですわ」もう一歩ドアのほうに後退しながらつけ加えた。「でもよかった、誤解がとけて仲直りをなさったのなら……」

「ちょっと待った。いったい何の根拠があってぼくたちが仲直りしたと決めてかかるの？」

「そうじゃないんですか？」ホイットニーは驚いて目を上げた。

スローンはゆっくり首を横に振った。

「まあ、どうしましょう」動揺のあまり、グレダは婚約者の釈明に耳を貸すどころではなかったのだろう。「ごめんなさい」と繰り返したが、たとえ舌が回らなくなるまで謝ったとしても問題が解決するはずもなかった。「私、グレダと会ってあなたが潔白だってことを……ベッドに入るとき私がいることに気づかなかったんだって話してきます」ホイットニーはきっぱりと言い、ドアのほうに歩き始めた。

「よかったらどこに行くつもりか教えてくれる？」皮肉めいた声が引き止める。

「もちろん階下《した》ですわ。グレダを捜して二人きりで話したいと……」

「階下でぼくの元婚約者を見つけるには一生かかるだろうね。彼女は帰ったよ」

「帰った？　でも……」

「彼女の友人も全員引きあげた」

「全員……」

「歌の文句にもあるように、パーティーは終わったんだ」

「終わった？」

「君はおうむのえさばかり食べていたようだね」スローン・イリングウォースはひやかした。

「パーティーは終わったかもしれないけれど」ホイットニーは相手の皮肉を黙殺し、いくらか攻撃的な口調で続けた。「全員が引きあげたはずはないわ。だって、ロンドンから一緒に来た人が私を残して帰るはずはないでしょう？」

スローンは自信たっぷりで、だれと一緒に来たのか尋ねようともしない。「ぼくの言ったことは本当だ。ここにはだれひとり残っていない」

「どうしておわかりになるの？」自信たっぷりもいいけれど、こうまで断定的に言われると腹が立つ。

「最後の車が出ていくのをこの目で確かめたからさ」スローンはうんざりしたように天を仰いだ。

今の場合、相手に礼儀正しさだの親切だのを期待すべきではない。結局、彼らの婚約をだめにしたのはこの私なんだから。当面はスローンとグレダの関係をもとに戻すために力を尽くさなければなるまい。

「でも、もしトビーとヴァレリーが先に帰ったのなら……私はどうやってロンドンに帰ったらいいの？」

彼のグレイのまなざしは、トビーとヴァレリーがだれだろうと、まったく興味がないことを物語っていた。そればかりか、彼女が歩いて帰ろうが這《は》って帰ろうがどうでもいいと本気で考えているようだ。

「頼むからここから消えてくれないか！」スローンはいらいらと頭を揺すった。「少し眠りたいんだ。行くところがないなら階下で片づけなり何なりすればいい！　いくらか眠ってから君を送る算段をしよう」

どうやらこの野蛮人の頭には眠ることしかないらしい。パーティーに誘われたときはあと片づけまでさせられるとは夢にも思っていなかったけれど、こんな時間にひとりでロンドンに帰るわけにもいかないし……。

「私にパーティーのあと片づけをしろとおっしゃるの？」

「なぜうちの家政婦がそこまでしなくちゃならないんだ？」そのとき明け方の微光が部屋に忍びこんできて、スローンは話に決着をつけるように命令を下した。「出ていくついでに明かりを消してくれないか」そしてくるりと彼女に背を向け、断固たる態度で枕《まくら》に頭をつけた。

ホイットニーは明かりを消し、ベッドルームを出てドアを閉めた。彼が多少なりともましな気分で目覚めるように祈るしかない。たぶん。スローン・イリングウォースが片づけたのだろう。階段の下に幾重にも置かれていたついたては取り払われている。しかしホールの乱雑さは目に余るほどで、これだけを見てもほかの部屋の様子は想像がついた。もちろん、こんな状態の家をもとどおりにする義務は家政婦にはない。

使いっぱなしの食器類をお盆で運ぶとしたらレインコートで武装する必要があるだろう。ホイットニーはまず大型ワゴンを見つけ、グラスやら何やらをキッチンに運ぶ仕事にとりかかった。

それから一時間ほど、ホイットニーの気分はさまざまに揺れ動いた。

最初の感情は後悔だった。三カ月ぶりに帰宅して婚約解消という歓迎を受けたのでは腹を立てるのも当たり前。いやなやつだの野蛮人だのと考えたのは間違っていた。

まずホールを片づけ、さらに悲惨な客間に移る前に、集めたグラス類を洗ってしまおうと流しに向かう。流しの隣に自動皿洗い機があるが、見たことのない機種なのでさわらないほうが無難だろう。

肘まで石けん水につけたとき、今度はやたらに腹が立ってきた。日曜の朝五時にキッチンに立ち、他人が汚しほうだいに汚した食器を洗うなんてばかげている。そう思った瞬間ホイットニーは両手を石けん水から引きあげてタオルでふいたが、五分もすると再び泡の中に手を突っこんでいた。

頭の中では二つの考えが争っていた。スローンのためのパーティーだったのだから彼自身が片づければいいではないか？　いやいや、彼はパーティーのことを知らなかったのだからあの人を責めるのは間違っている。さっき彼は家政婦のことを口にしたけれど、パーティーでそれらしい人の姿は見なかった。でももしどこかに家政婦がいるとしたら、そしてもしこのままの状態でほうっておいたら、あと片づけをおおせつかるのは間違いなくその女性だろう。二階で寝ているかんしゃく持ちが言ったように、家政婦がそんなことを押しつけられるのは不当ではないかしら？

それにしても、なぜ私ひとりがあと始末を引き受けなければならないのか、よくわからない。たぶん……たぶん、たとえ知らずにしたこととはいえ、自分の不注意な行為が愛する者同士を引き裂く結果になったから……その後ろめたさが何かをせずにいられない気持にかり立てるのだろう。スローン・イリングウォースは私のせいで恋人を失った、そして私は失恋の痛みを知っている。

ホールの分の洗い物を終えると、今度は客間にとりかかった。つややかに磨きこまれたテーブルの最後の汚れをふき取ってから、美しい家具調度が配された室内を改めて見回した。落ち着いた感じのすばらしい部屋だ。これほどの部屋をお行儀の悪い連中に明け渡すなんて、ヒースランズ館の留守をあずかる人はいったい何を考えていたのだろう？

でも考えてみると、これは留守をあずかる人間がとやかく言える問題ではなさそうだ。グレダ・コーフィールドはいずれこの館の女主人になるわけだから、使用人であれば彼女の指示に従うしかなかったはずだ。

ヒースランズ館から将来の女主人を奪った後ろめたさにかられて、ホイットニーはいっそう熱心に皿を洗い始めた。今すぐは無理としても、少し時間がたって冷静になったら、グレダ・コーフィールドに真実を話してみよう。

七時十五分。ひと休みしようとやかんに火をかけた。椅子に座ってお茶をいれていると、五十がらみの女性がせかせかとキッチンに入ってきてびっくりしたように立ち止まった。

「おはよう」ホイットニーはにこやかに声をかけた。「勝手にティーポットを使わせていただいたけれど、かまわなかったかしら？　私、ホイットニー・ローフォードといいます。よろしく」

「はじめまして。私はミセス・オルトン、ここの家政婦をしています」自己紹介のあと、ミセス・オルトンは少々疑わしげにホールのほうに目をやった。

「あの……ほかのお客さまはまだおられるんでしょうか？」

「いいえ、残っているのは私だけですわ」ホイットニーは請け合い、二階でのできごとについては触れずに、こう言うにとどめた。「私、一緒に来た人に置いていかれてしまったんです」

「まあ、そうですか」少しも納得したふうではなかったが、ミセス・オルトンはとりあえずうなずいた。

「少し眠ったら家まで送ってくださるとミスター・イリングウォースが言ってくださったので」なぜか弁解じみた口調になってしまう。

「ミスター・イリングウォースは優しいかたですから」

彼は家政婦には優しいかもしれないけれど、これまでのところ、ホイットニーには横柄で不機嫌な面しか見せていない。「お茶を飲んでからあと片づけをしようと思っていたの」

彼女は急いで話題を変えた。

「とんでもない、お客さまにそんなことをしていただくわけにはまいりません」この三時間、善良な妖精《ようせい》がせっせと働いていたことに気づくはずもなく、ミセス・オルトンは続けた。「それに、たった今見回ってきたのですが、家の中は思ったほど散らかっていませんでしたし」家政婦はすでに洗ってある食器類をそれぞれの場所にしまい始めた。

「客間でお茶を飲むわ」ミセス・オルトンが見物人なしで動き回りたいだろうと察して、ホイットニーはティーカップを取り上げた。

「朝食はいかがいたしましょう？」

「いいえ、結構よ、ミセス・オルトン。食欲がないの」

実際、客間のふっくらしたカウチでお茶を飲み終えたとき、何よりも必要なのは食事ではなく睡眠であることに気がついた。

何だか急に疲れてしまい、そばのテーブルにカップとソーサーを置いて靴を脱ぐと、カウチに身を横たえた。ミセス・オルトンはキッチンで忙しくしているだろうし、スローン・イリングウォースは午後まで目を覚まさないかもしれない。だとしたらここで頑張って目を開けている必要もないわけだ。

目を覚ましてまず視野に飛びこんできたのはあらわな男の肩ではなく、上から見下ろしているグレイの瞳と、広い肩を包んだチェックのシャツだった。

「今、何時かしら？」不思議な胸の高鳴りに自分の時計を見ることも忘れて、ホイットニーは起き上がり、靴をはいた。

「じきに十時になる」婚約をだいなしにされた男にしては感じのいい声でスローンは答えた。

「グレダから電話か何かありまして？」

「何のために？」彼は途方もない間抜けにでも言うようにそうきいた。

「ご、ごめんなさい」また謝ってしまった。いいかげんにしないと、いつもこめつきばったみたいに頭ばかり下げている人間と思われかねない。ホイットニーはしゃっきりと頭をもたげ、彼を見上げた。「じゃ、行きましょうか？」

「どこに？」

「さっき、ロンドンに送ってくださると……」

「朝食くらい食べさせてもらいたいね」スローンは歩きだし、それからふと思い直したように立ち止まった。「君も食事をしたほうがいい」

〝食べたければひとりでどうぞ〟と言うところだったが、彼に手を取られて立ち上がった瞬間、ホイットニーは息づまるような見知らぬ感覚につらぬかれ、びくっとして一歩退いた。彼はあまりにも背が高く、あまりにも近すぎた。

落ち着きを取り戻すころにはすでに彼と並んでホールを横切っていたし、急に空腹に気づいたせいもあって、〝食べたければひとりでどうぞ〟というせりふはついに声にはならなかった。

案内されたところは今まで見たことのない部屋だったから、おそらくパーティーの前にミセス・オルトンが鍵《かぎ》をかけておいたのだろう。スローンはホイットニーのために椅子を引き、彼女が座るのを待ってからテーブルを回って自分の席に着いた。

「どうも」とつぶやき、ホイットニーはひそかに〝野蛮人〟というさっきの言葉を撤回した。

ミセス・オルトンがベーコンエッグののった皿を運んできて、二人は早速おいしそうな匂《にお》いのする朝食にとりかかった。食事をしながら、ホイットニーはロンドンに送ってもらうことについてどう切り出したらいいかと考えていた。

さっきは急ぎすぎて彼を怒らせてしまったから、今度はそれとなく、やんわりと切り出したほうがうまくいくかもしれない。

「入れましょうか？」コーヒーポットに手を置き、ホイットニーはにこやかに言った。

スローンは黙ってうなずいただけで、何か頼みごとができるような雰囲気にはまったくならなかった。〝お願い〟と言うのはいやだけれど、これ以上ヒースランズに長居はしたくない。それに、彼のほうだって早いところ厄介払いをしたいはずだ。

「ミスター・イリングウォース……」ほほえみを作り、ホイットニーはコーヒーを入れたカップをさし出した。グレイの瞳がちかっと光って彼女にぶつかる。

「ミスター・イリングウォース？」彼はあざけりを響かせた。「一緒のベッドに寝た仲なのに、君にとってぼくはまだミスターなのかい?」

「でもあなたは、つまり……」ホイットニーは口ごもり、まわりにだれもいないことをひたすら感謝した。

「そういえばぼくもうかつだった」何も言えないでいるホイットニーに代わって、スローンが続ける。「今ごろになってきくのもおかしいが、たまたま光栄にもベッドをともにするはめに陥った女性の名前をきかせてもらえる?」

彼がその話を蒸し返すのは、婚約者に見知らぬ女性とベッドにいるところを目撃されたシーンを忘れられないからだろう。皮肉を言われても文句は言えない。

「ホイットニー・ローフォードです」と名乗り、二度と謝るまいと思っていたのにまたも謝っていた。「ごめんなさい。あんなことになってしまって」

「だれかと一緒に来たのでひとりで帰るわけにもいかない。それでしかたなくだれにも見つからないあの部屋に隠れたんだね? つまり、おそろしく退屈なパーティーだったたってこと?」

「眠ってしまうとは思わなくて」彼の愛する女性が主催したパーティーなので退屈だったとはっきり認めるわけにはいかないが、彼の言葉は的を射ていた。「それに、あそこがあなたのベッドルームだってことも知りませんでした」

「あそこがだれの部屋だろうが、君の行為がどんな混乱を引き起こそうが、まったく気にしなかったというのが本音だろう？」

ホイットニーは言葉もなくうつむいた。何とかグレダとの仲をもとどおりにできないかと言いたかったが、なぜかその言葉は声にはならず、せき払いを一つしたあと、最初に考えていたこととはまったく別のことを口にしていた。「私のせいであんなことになってしまったんですから、ロンドンまで送っていただけなくてもとやかく言える義理ではありませんわね」彼女は静かに、そして多少の威厳を添えてナプキンをテーブルに置いた。「でも明日の朝は秘書の仕事に戻らなければならないので、何とか帰る方法を考えますわ」

「ぼくが送っていかないと言った？」

「いいえ、でも……」

「だったら勝手な想像でものを言わないことだ。さっきも言ったように、ロンドンまでちゃんと送っていく。わかったね？」

「ええ」人の言葉をさえぎる彼の高飛車なやりかたがどうも気に入らない。「わかりましたわ。でも昨日このドレスを着たときは、丸一日このままの格好で過ごすことになろうとは思ってもいなかったんです。よろしかったらいつ着替えてさっぱりできるのか、教えていただけます？」

彼は返事の代わりに丸めたナプキンをテーブルの上にほうり投げた。「用意する書類があるので十分ほどしたら出かけよう」

「日曜日なのに仕事をなさるの？」

スローンは何も言わずにテーブルを立ち、きびきびした足取りで朝食用のダイニングルームを出ていった。

言葉どおり、十分後にスローンは再びホールに現れた。ブリーフケースを持っているところを見ると、厄介なお荷物を送り届けたあとオフィスに回るのだろう。二人は無言のままドアを開け、外にとめてある黒っぽいスポーツカーに乗りこんだ。

まもなくヒースランズ館は何キロも背後に遠ざかった。だが、館での信じがたいできごとまで背後に押しやるわけにはいかなかった。ハンドルを握る男は終始むっつりとしていて、たとえ同乗者がしわくちゃで鼻の曲がった魔法使いのおばあさんであっても、これ以上無愛想にはなれまいと思うほどだった。

車がロンドンに近づくとホイットニーはフラットへの道を教え、スローンは聞こえているのにうなずきもせずに、しかし間違いなくハンドルを操作した。

無理もない。それについては何も言わないけれど、おそらくグレダのことで苦しんでいるのだろう。ホイットニーは自分自身の苦しみと重ね合わせ、スローンの心中を思いやった。

さらにしばらく走ってフラットの前に着いたときも、ホイットニーは彼への同情と後ろめたさにいささか感情的になっていた。「スローン」彼の表情から、一刻も早く厄介払いしたいという気持が読み取れたにもかかわらず、ホイットニーは彼を引き止めずにはいられなかった。「スローン」何とか彼の力になりたいと願うあまり、ミスター・イリングウォースと呼ぶべきかスローンと呼ぶべきかなど考えもしなかった。「もし私にできることがあったら何でも……」

スローンは冷ややかに眉を上げ、またもや彼女をさえぎった。「ミス・ローフォード、君はすでに十分すぎることをしてくれた」

3

次の日オフィスに出ると、トビー・ケストンが落ち着かない様子で待っていて、早速くどくどと謝り始めた。

「君を置いて帰るつもりはなかったんだ。それに酔っ払うつもりもなかった、ほんとさ」トビーは気の毒なくらい打ちしおれて言った。「ただ、どこかの間抜けがぼくのグラスに強烈なアルコールをまぜるというばかなゲームを思いついたらしくて、昨日の午後自分の部屋で目を覚ましたときは、パーティーのことはほとんど何も思い出せないありさまだったんだ」

「そうだったの。びっくりしたでしょうね」彼が記憶していることの中に、スローン・イリングウォースの婚約がだれかの軽はずみな行為のせいでご破算になったという事実も含まれているだろうかと考えながら、ホイットニーは慎重に言葉を選んだ。

「すぐに姉貴に電話をしたんだが、話を聞いたときは穴があったら入りたいような気分だった。姉貴はだれかと二人で前後不覚のぼくを車に押しこみ、降ろすときも手伝いがいると思ってそいつを同乗させて帰ったというんだ。君はほかの車に便乗できると思ったらしい。どう、問題なく帰れた？」

「え、ええ」トビーがどこまで知っているのかわからないので、ホイットニーは言葉をにごした。

「そうか、よかった」トビーはいかにもほっとしたようにため息をついた。「昨日、君がちゃんと帰れたかどうかを確かめにフラットに行こうかとも思ったんだが、実を言うと頭が割れるようだったし、どんなあしらいをされるか自信がなかったもんだから……」トビーは言葉を切り、それからちょっと言いにくそうに続けた。「君を乗せてきたやつだけど……大丈夫だった？　つまり、そいつは君に何も……」

「大丈夫だったわ」彼の言う〝そいつ〟があの晩の主役になるはずだった男だと言う必要はないだろう。「それで……あなたたち、何時ごろ向こうを出たの？」

「全然覚えていないんだ。でもグレダ・コーフィールドのフィアンセが帰る前だったのは確かだと思う。ぼくのせいでいちばん大事な場面に立ち合えなかったと、ヴァレリーにさんざん文句を言われたからね」

「そう」その〝いちばん大事な場面〟が何を意味するのか尋ねる勇気はない。

幸いそのときホイットニーの上司がオフィスに入ってきて、トビーはだれにでもするように陽気に挨拶《あいさつ》をした。「おはようございます、ミスター・パースンズ」そしてもちろん、ミスター・パースンズが仕事に厳しいボスであることを知っている彼は、「またあとで」とほほえみ、出ていった。

その日一日、ホイットニーは土曜日にトビーと出かけてからのできごとを何度も何度も思い起こしていた。あれからスローン・イリングウォースとグレダ・コーフィールドが仲直りをしたかどうか気がかりでしかたがない。でも、スローンの電話番号を知らないので本人にきくこともできなかった。

その夜フラットに帰ってからも、悪気があったわけではないにしろ、自分のうかつな行為が愛し合うカップルを引き裂いたという思いに悶々《もんもん》としていた。彼らがその後どうなったのか知る方法はないものかと考えながらやすむ支度をしていた十一時ごろ、同じ建物の三階に住むエリカ・フェーンがいつものやりかたでドアをノックした。

エリカは仕事を続けながら学位を取るために放送大学で勉強している三十歳の気のいい女性だ。仕事と勉強では優秀な反面、日常的なことに関しては少々そそっかしいところがあった。

エリカがこんな時間にやってくることにはもう慣れっこになっていて、ホイットニーはためらわずにドアを開けた。

「今夜は物乞《ものご》いをしに来たわけじゃないの」エリカは手にしたサーディンの缶詰を振りながら言った。「これを返しに来たのよ」

「よかったら入らない？」

「いいの？」エリカはホイットニーのあとからキッチンに入り、興味津々といった顔つきで問いかけた。「ねえ、この間の土曜日、どこに行ってたの？　サーディンを返しに来たのにお留守だったわ」

「こっちに来て座ってちょうだい」ホイットニーは熱いココアを作り、テーブルの上に置いた。「今から話すわ」

「まさか！　それ、ほんとのこと？」事件のあらましを聞いたエリカは信じられないというように首を振った。「あなたってそんなタイプの女じゃないのにね」

「ほめられたんだと解釈しておくわ」ホイットニーは言い、眉をひそめた。「それにしても、何か私にできることないかしら？」

「何もないわね。できることは何でもする気らしいけど、正直な話、もし私がほかの女性とベッドにいる恋人を見つけたら、その人と顔を合わせたくはないと思うな。だから彼らのことはほうっておきなさい」エリカはホイットニーとダーモットの恋の終わりを知っている唯一の友人として忠告した。「あなたも知っているとおり、恋愛感情にはすごいパワーがあるものよ。ほうっておいても彼らはよりを戻すわ。もしかしたらもうすでに仲直りしているかもしれないけど」

翌日、エリカに言われたことを考えながらオフィスに行ったが、それでもスローンとグレダがもとのさやにおさまったかどうかが頭から離れなかった。

「ちょうどいいところで会った」午前中、コーヒーマシーンのところに行く途中でトビーが追いついてきた。

ホイットトニーは一瞬ぎくっとして立ち止まった。もしかしたらスローン・イリングウォースとベッドにいたことが彼の耳に入ったのかもしれない。

しかしトビーはにこにこと続けた。「また君を誘いたいんだけど自信がなくてね。あんなことがあったあとだし、断られてもしかたがないんだが」

〝だれかとベッドにいた〟などというあさましい言葉がひらめいたのにはぞっとしたが、トビーが例の事件について何も知らないらしいのは不幸中の幸いだった。「でも、もうパーティーはごめんよ」

トビーはその言葉に色よい返事を聞き取ったのか、満面を輝かせて彼のオフィスに戻っていった。

それから二週間ほどの間にホイットトニーは何回かトビーと一緒に出かけた。三回目のデートの別れ際に、トビーがキスをしようとしたが、とっさに顔をそむけたホイットトニーの頬に触れただけだった。

「だめ?」

「ええ、トビー」ホイットトニーはきっぱり言った。「言ったでしょう?」

「今はまだだれとも特別な関係になりたくない。そうだね？　そのことを忘れたわけじゃない。でも、ひょっとしたら考えが変わっているかもしれないと思ったんだ。気にさわったらごめん。もう何もしないと約束するからまた会ってくれるね？」

ホイットニーは優しくほほえんだ。単純で人のいいトビー。私がなぜだれともつき合いたくないのか、その理由をせんさくしようともせずにプライバシーを尊重してくれる。

「あなたって憎めない人」

「ぼくの母もそう言っている」二人は笑い、それ以来、トビーは妹に対するような優しさで彼女に接した。

あのパーティーから三週間たった金曜の午前中、ホイットニーは仕事の手を休めてぼんやりと宙を見つめていた。あれからスローン・イリングウォースのことを考えずに過ぎた日は一日もなく、このぶんでいくとあの晩のできごとに一生悩まされ続けるかもしれない。良心の痛みをこらえ、スローン・イリングウォースを頭から締め出して、再び仕事にとりかかった。彼らだって今ごろはもとのさやにおさまっているに違いない。これ以上くよくよするのはやめにしよう。

それから一時間半、ホイットニーは首尾よくスローンを頭から追い出すことに成功した。デスクの電話が鳴ったときも書類から目を離さず、相手がだれか気にも留めずに受話器を耳に当てた。

ところが次の瞬間、仕事のことは完全に頭から消え去った。「やあ、ホイットニー。どう、元気?」スローンの声を電話で聞くのは初めてだったけれど、その低い男の声がだれのものかはすぐにわかった。

「ええ……元気ですわ」震えているわりにはまともな声で応じる。

「よかった。スローンだ」彼はそっけなく名乗り、何の前置きもせずに切り出した。「君に会いたいんだが、いい?」

「あの……」落ち着こう落ち着こうとしていたのに、今の言葉でまたもや混乱に陥ってしまった。「それは……」ホイットニーはつぶやき、そして黙りこんだ。電話で用が足せないのであればごく個人的な話なのだろう、そう、ひょっとしたら彼らがもとのさやにおさまったと考えたのは楽観的にすぎたかもしれない。スローンは、〝もし私にできることがあったら何でも……〟と言ったホイットニーの言葉を思い出して、何らかの協力を求めてきたに違いない。「ええ、わかりました、お目にかかりますわ。お昼休みなら……」一時から二時の間なら何とかなると言おうとしたが、スローンはよほど忙しいらしく、それ以上一刻もむだにできないというふうにさえぎった。

「今夜八時に」彼は一方的にそれだけ言うと電話を切った。

ホイットニーはあっけにとられて何秒か反応のない受話器を見つめていたが、たった今受けた高圧的な扱いにむらむらと怒りがこみ上げてきて、がしゃんと受話器を置いた。

今夜はトビーと出かける約束なのに、あのお偉いミスター・スローン・イリングウォースはこちらの都合を尋ねることさえしなかった。

彼の電話番号を知っていればすぐにかけ直して、今夜は先約があると言えるのに、まったく連絡先がわからないのではどうすることもできない。

本当にずうずうしい人！　金曜の夜を彼のためにあけてあるわけではない。ホイットニーにとって今夜の先約が特別なものであったら——もちろん仮定の話だけれど——せっかく芽生えかけた新しい恋の芽をスローンの手でつみ取られていたかもしれない。

新しい恋……いいえ、そんなものはありえない。ホイットニーはダーモットとの苦い恋の結末を思い出し、怒りを忘れた。あのときの心の傷がまだ胸の奥でうずいているのに、新しい恋のことなど考えられるはずもない。

そしてスローンはグレダを失った。それも彼自身のせいではなく、無断で寝室に忍びこんだどこかの愚かな女のせいで。たとえスローンが高圧的な態度をとったとしても文句を言える筋合いではない。ホイットニーは改めて受話器を取り、トビーの内線番号を押した。

「トビー？　私よ」

「やあ、ホイットニー！」はずんだ声が返ってくる。

「今夜のことだけれど」トビーとは友達として何でも話せるようになっていたにもかかわらず、デートをキャンセルする本当の理由を口にするのはためらわれた。「ごめんなさい、トビー。実は急用ができてしまって、一緒に出かけられなくなってしまったの」

「何かトラブルでも持ち上がったのかい？」トビーはすぐさま心配そうな声になる。

「いいえ、そうじゃないんだけれど……」言葉につまり、ぎこちない沈黙を破るためだけにホイットニーはこう言っていた。「今夜の代わりに明日はどう？　よかったら家で一緒に食事をしない？」

「いいとも！」トビーはほっとしたように言った。「今夜だけじゃなく、今後二度と会いたくないと言われるんじゃないかとひやひやしてたんだ」

「年のせいで弱気になったの？」ホイットニーはからかい、受話器を置く前にふと思いついてスローンのことをきいてみた。「ところでトビー、スローン・イリングウォースの連絡先、ご存じ？」

「自宅は君も行ったから知っているね？」トビーは機嫌よく教えてくれた。「彼の仕事場はイリングウォース・インターナショナル。彼の会社だから連絡を取るのは簡単だ」

ホイットニーはいささかショックを受けて電話を切った。スローンがあの巨大な多国籍企業、イリングウォース・インターナショナルのオーナーだとは！　そして今夜、このスローン・イリングウォースと会う約束をしているなんて！

トビーと電話で話したときなぜ突然スローン・イリングウォースのことを口にしたのだろう、と考えながら、ホイットニーは帰途についた。スローンからの電話の直後、〝彼の電話番号を知っていれば……〟と考えたことが頭のどこかに残っていたのかもしれない。

お風呂に入る前、ホイットニーは相変わらずスローンのことをあれこれ考えながら部屋の中を歩き回っていた。彼の仕事場はトビーを通じて知ったけれど、スローンのほうはどうやってこちらの番号を調べたのだろう？

三十分後、お風呂につかっている間もその疑問は頭を離れなかった。スローンとの会話の内容は今でもはっきりと覚えている。秘書をしていると言ったのは確かだけれど、どこの会社で働いているかは話さなかった。

いくら考えても堂々めぐりで、いずれにせよ彼に職場を教えたかどうかはたいした問題ではないと自分に言い聞かせ、体をふいた。彼はここの住所を知っているのだから、その気になりさえすれば何としてでも連絡は取れただろう。

淡い琥珀《こはく》色の絹のドレスを頭からかぶったとき、スローンのしなやかな長身と端整な顔立ちが目の前にちらついて、ホイットニーは一瞬不思議な酩酊《めいてい》感に襲われた。ばかばかしい、本当のデートでもあるまいし。そもそも彼とグレダとの仲がうまくいっていたらこうして呼び出されることもなかったのだ。

八時きっかりに支度をすませ、申し分なく落ち着いて椅子に座り、迎えを待った。しかし、八時一分過ぎにフラットの外のベルが鳴ったとたん落ち着きはどこへやら、あたふたとバッグを取り上げ、胸の鼓動を静めるために大きな深呼吸を一つしなければならなかった。

部屋の鍵《かぎ》をかけて階段を下り、フラットの外のドアを開ける前にもうひと呼吸おく。「時間どおりだね」バッグをかかえてすでに出かける用意ができているホイットニーを見て、スローンは感心したように言った。「とてもきれいだ」

どういうわけか彼の口から出るとその月並みな言葉もただの社交辞令とは思えない。スローンにエスコートされて豪華なスポーツカーに向かうホイットニーは、再び、さっきの不思議な酩酊感を感じていた。

「どこに行くの?」車が走り始めてから、ホイットニーは静かにきいた。

スローンは前を見つめたまま一流レストランの名をつぶやき、「そこでかまわない?」とつけ加えた。

「ええ、もちろん」ホイットニーはうなずいたが、もしほかに行きたいと言ったら彼がすぐさま予定を変えるだろうという印象を受けた。

オフィスガールには縁のない超高級レストラン、ハンサムで都会的なエスコート、うやうやしいウェイターたち。普通だったらこうした雰囲気に気圧《けお》されてしまうだろうけれど、スローンといると少しもぎこちなさを感じない。たぶんそれは、彼がいろいろなことを問いかけて気分をくつろがせようと気遣ってくれるからだろう。そういう意味でもスローンはあか抜けた大人の男だった。もちろん、彼が本当にこちらのことを知りたがっていると思うほどホイットニーはばかではなかったが。

いずれグレダの話を持ち出すとしても、まずは相手に関心を示すのが礼儀と心得ているに違いない。

「何からお話ししましょうか?」ホイットニーは軽い口調で調子を合わせた。「私、アルフォード・プラスチックという会社で秘書をしていて……」さっきの疑問が再び頭をもたげ、ふと口をつぐんで話の方向を変えた。「ところで、私がアルフォードで働いていると、どうしておわかりになったの? お話しした覚えはないけれど?」

「会社の名前は聞かなかったが、君がトビーとヴァレリーの知り合いだと言ったのを覚えていたんだ」

「トビー・ケストンをご存じでしたの?」もしスローンがトビーに彼女の連絡先を聞いたのなら、なぜさっきトビーはそのことを言わなかったのだろう? だが、オフィスの番号を教えたのはトビーではなかった。

「それほど親しくはないが知っている。君がヴァレリー・ケストンの友達とはとても思えなかったので、たぶん弟のほうの知り合いだろうと推理したんだ。で、彼のような男がどこで君みたいな女性と知り合うか考えてみた」

「仕事場で知り合ったと、そうお思いになったのね? それでトビー・ケストンに電話をして……」

「君たちが同じ会社にいると思った。つまり、トビー・ケストンが働いている会社を思い出せばよかったわけだ」

「じゃ、トビーに電話したのではないのね？」

「アルフォード・プラスチックに電話を入れ、ミス・ホイットニー・ローフォードをお願いしますと言ったら君が出た――そういうこと」

「すごいわ」ホイットニーは感心して相手を見つめた。「大企業のオーナーは考えることが違うのかしら？」

「ほめられたと思っていいのかな？」スローンは首をかしげ、そのとき初めて、ホイットニーは彼の笑顔のすばらしさを知った。

ウェイターがオードブルの皿を下げ、次の料理をテーブルに並べた。

「さっき、私がヴァレリー・ケストンの友達とは思えなかったとおっしゃったけれど」ホイットニーはテーブルから目を上げ、彼を見た。「それはどうして？」

スローンは一瞬ためらっていたが、すぐに柔らかなグレイのまなざしで相手をとらえた。

「全然タイプが違うから」

「ほめられたと思っていいのかしら？」

スローンは声をあげて笑い、その響きは笑顔に劣らずすばらしいものだった。「もちろんほめたのさ。三週間前のパーティーに来た女性の中に、あと片づけでマニキュアをだいなしにする危険を冒す人がひとりでもいたとは思えないからね。でも君はそうした」

彼の言う女性の中に、フィアンセであったグレダ・コーフィールドも含まれるのかしら、とふと思った。そしてもう一つ、ミセス・オルトンさえ知らないのに、なぜ彼は片づけたのがだれか知っているのだろう？「確かにあのとき、〝片づけなり何なりすればいい〟ってあなたに言われたけれど、実際に私があと片づけをしたと、どうしておわかりになったの？」

スローンは小さく笑った。「ミス・コーフィールドの客がちゃんとあと始末をしていったというミセス・オルトンの報告を受けて、君がひとりで奮闘したってことに気づいたんだ」今夜グレダの名が出たのはこれが初めてで、それをきっかけにホイットニーは本来の用件を尋ねようとしたが、スローンがすぐに続けた。「ぼくの記憶では、連中が帰ったあとは手のつけようがないほど散らかっていた。まるでトルネードが通過したあとみたいにね」

確かにそうだった。しかしホイットニーは、なぜかわからないが弁解じみたことを言っていた。「あのままほうっておいたら家政婦さんが大変だと思って」

「ぼくが言ったのはそこなんだ。ヴァレリーだったらそんなことは考えもしないだろう」スローンはいくらか身を乗り出して続けた。「君は今アルフォード・プラスチックで働いている。で、その前は？」

話が最初に戻ったことに気づくのにちょっと時間がかかった。スローンが本当に知りたくてきいているとは思えなかったが、ホイットニーは以前の職場にまつわる苦い経験を思い出して一瞬息をつめた。

「アルフォードの前はホブソン園芸用具という会社にいて」彼女は陽気すぎるくらいに言った。「その前は両親とケンブリッジに住んでいたんです。ただ……」声が揺らめく。「母が亡くなって父が再婚したのをきっかけに、ロンドンに出て自立しようと決心したんです」

「新しいお母さんとうまくいかなかったの?」

ホイットニーはふとわれに返った。いったいどうしたっていうの? スローン・イリングウォースとは初対面といってもいいくらいなのに、そして私だってどちらかというと個人的な話はしないほうなのに、短い間にこれだけのことを話してしまうなんて!

「新しい母とはうまくいっていたけれど」感情をまじえずにホイットニーは言った。「母が死んでからはすべてが変わってしまって……」

ほらほら、また個人的なことを話している。今まで親しい話し相手のエリカにしか打ち明けたことのないことを、この未知の男性に話している。そろそろ今夜の本題であるグレダ・コーフィールドのことを持ち出して相手のコートにボールを打ち返すべきときかもしれない。しかしそのとき、スローンはまた鋭い直感力を働かせてホイットニーを唖然《あぜん》とさせた。

「その男はだれだったの?」

「その男って?」ホイットニーは狐《きつね》につままれたように彼を見つめた。

「君を苦しめたホブソン園芸用具の男」

「どうしてそのことを……」そう言ってから慌てて口をつぐんだ。これでは以前の職場で何かあったと認めたようなものだ。「彼がだれであろうとどうでもいいでしょう?」わずかに顎を上げてホイットニーは言う。「ホブソンをやめてから会っていないし……」

「会いたい?」

「とんでもない!」ホイットニーはむきになって否定し、思い出がもたらしたやり場のない怒りと苦しみを目の前の男性にぶつけた。「彼が結婚しているって、あとになってわかったんです。私と会って、そのあと何くわぬ顔をして妻子の待つ家に帰っていったんだわ! 私自身、父の裏切りに苦しみ続けた母を見てきたんですもの、そんな男に二度と会いたいとは思わないわ」

怒りが消えたとたん、ホイットニーは心の奥底までさらけ出してしまった自分自身にあきれ果てていた。スローン・イリングウォースは相手から話を引き出す天才なのかしら? 彼女はグリーンのまなざしをちらっと上げたが、クールな表情からは何一つ読み取れなかった。

「ホブソンをやめたのはその男のせいなんだね？」表情ばかりか声までもクールだ。

「ええ」

「今の会社にはいつから？」

「というより、ダーモットといつ別れたのかとおききになりたいんでしょう？　四カ月前ですわ」ホイットニーはなぜかかっとして言い、すぐに後悔した。スローンが私の舌を自由に操っているみたい！　今の会社に入った時期はともかくとして、かつて愛した男の名前までしゃべってしまうなんて！

「それで、トビー・ケストンは君の人生のどのあたりに登場してくるのかな？」

〝尋問はもうたくさん〟と言いたいところだけれど、ここまで話してしまったのだから今さら隠すこともない。

「トビーとは知り合ってまもないけれど」ホイットニーは慎重に言った。「とてもいい友達よ。私たち、よく一緒に出かけるんです」長いまつげの下から見上げると、スローンはむっとしたように押し黙っている。きっと退屈しているのだろう。だったらもう少し退屈させてあげるのもいいかもしれない。「それでトビーが、あなたのところのパーティーに一緒に行ってほしいと私を誘ったんです」

「それで、パーティーが終わると、君の〝いい友達〟はパートナーを置き忘れて帰ってしまったというわけか」

ホイットニーはいやな顔をして彼をにらんだ。そうだった。あの晩、弟に連れがいたことを都合よく忘れたヴァレリーは、どこかの力自慢を隣に乗せ、酔いつぶれて前後不覚のトビーを車に押しこんで先に帰ってしまったのだ。

デザートが運ばれてくる間、ホイットニーはなぜ彼がこんなに辛辣《しんらつ》なのかと考えていた。そしてその理由に思い当たったとき、敵意は消えた。この前のときと違って今夜は最初から楽しかった。彼の頭にはたぶん、問題の核心に入るまではできる限り楽しいひとときを過ごそうという気持があったのだろう。そしてようやく今、心の傷口を開き、愛する女性を取り戻すために力を貸してほしいと言い出そうとしているのかもしれない。

「最近ミス・コーフィールドとお会いになって？」彼が話しやすいようにとホイットニーは水を向けた。

「いや」だれと会おうが会うまいが他人にとやかく言われる筋合いはない、とでも言いたげに、スローンはぶっきらぼうに答えた。

でも、ホイットニーも失恋の苦しみを知っているので腹も立たない。グレダに会って誤解をとくなり何なり、彼らの関係をもとどおりにするためなら何でもしたいという気持に変わりはなかった。こういうことにはタイミングが大事なのだから、いつまでも問題解決を先延ばしにしておくわけにはいかない。

「スローン」と言ってから、ミスター・イリングウォースと呼ぶべきだったかもしれないと気づいたが、あとの祭りだった。「私、お二人のためにできるだけのことはするつもりですわ。だから遠慮なくおっしゃって。今日私を誘い出した本当の理由を……」

「ただ君に会いたかったから、では理由にならない？」

ホイットニーは心を乱した小さな突風を静めなければならなかった。スローン・イリングヴォースはプライドの高い男なのだろう。何とかグレダを取り戻したいと思う反面、他人に助けを求めるのを潔しとしないのかもしれない。

「あなたは理由もなしに何かをするタイプではないわ。そうじゃありません？　そして私が今ここにいる理由は、お二人の婚約をだいなしにした張本人として、あなたとグレダをもとどおりに結びつけるお手伝いをするため。ご心配なく、何の理由もないのにお食事によばれたとは思っていませんわ」

スローンは長い間、ただホイットニーを見つめていた。彼が何を考えているかはわからない。でも今夜誘った理由について、改めて説明する手間が省けたことにほっとしているのは確からしい。それにしても、彼がその事実を認めるまでにだいぶ時間がかかったものだ。

「そう、君の言うとおり」スローンは悲しそうに微笑した。「君を誘ったのには……そう、つまり、ちょっとしたわけがあったんだ。一風変わった理由がね」

「グレダと……」

「いや、問題はグレダじゃない」きょとんとしているホイットニーに、スローンは重々しく続けた。「彼女とはもう終わったってことを受け入れるしかないんだ」

「でも、それはいけないわ！」ホイットニーは叫んでいた。「愛し合っているのに！　あのとき、もし私があなたのベッドにいなかったら、あなたたちはまだ婚約していたはずですもの」

スローンは肩をすくめ、「とにかく」と続けた。「グレダ・コーフィールドとの結婚はありえない、それは本当だ」

「そんな……」

「婚約者がいないという事実は事実として、さし迫った問題が一つ残ったんだ」

「さし迫った問題？」

スローンはうなずき、つかの間のためらいのあと、ゆっくりと言った。「母のことで」

「あなたのお母さま？」

「母はぼくたちの婚約をとても喜んでくれてね。だからだめになったなんてとても言えないんだ」

「あなたのお母さま、グレダを気に入って、結婚式を楽しみにしていらしたのね？」

「グレダと母は面識がない。でも母はずっと娘を欲しがっていて、婚約の話を聞いただけですっかり有頂天になってしまった」

ホイットニーは小さくうなずいた。

「しかし運の悪いことに、ぼくがイギリスに戻った翌日、母は……交通事故に巻きこまれて……」

「まあ、お気の毒に……」ホイットニーは弱々しくつぶやいた。とぎれがちな話しかたから彼の動揺が伝わってくる。ホイットニーは自分も交通事故で母を亡くしたことを考え、不安げにきいた。「それでお母さまは？」

「けがのほうは順調に回復してきている」スローンは急いで彼女の心配を打ち消した。「でも婚約を解消したことを知ったらどんなにがっかりするかと思うと、ぼくの口からはとても言えないんだ」

「ええ、わかるわ」婚約をだいなしにしたばかりか、スローンの母親まで苦しめることになろうとは思わなかった。

それにしても、今夜食事に誘われた理由がまだはっきりしない。〝一風変わった理由〟と彼は言った。グレダ・コーフィールドとの破局を認めるなら、つまり、彼女とよりを戻すための協力を望まないなら、いったいほかにどんな理由があるかしら？

「スローン、あなたが私に会わなければならなかった、本当の理由を話してくださらない？」

何分か、グレイの瞳で黙ってホイットニーを見つめていたが、それからスローンは思いきったように言った。「母が退院したらフィアンセを紹介しなければならない。しかし君のおかげで婚約がだめになったわけだから、グレダの代役を務めてもらいたいんだ」

〝私にできることがあったら何でも……〟などというせりふは軽々しく口にすべきではなかった。その〝何でも〟の中に、スローンの母親の前で彼の婚約者を装うことまで含まれるとは！

4

翌日の土曜日の午前中、ホイットニーはすでにきれいになったフラットにもう一回徹底的に磨きをかけ、何とか掃除に没頭しようとせっせと体を動かしていた。でも、頭を悩ます問題は容易に消えてはくれなかった。

スローン・イリングウォースの突拍子もない提案に同意するなんてどうかしていた。今さらそのことについてよくよ考えても、彼の母親をあざむく計画に加担するという言質を与えてしまった事実が変わるわけではないけれど。

ホイットニーはため息をついた。昨日の状況では同意する以外に選択の余地はなかった。交通事故にあってけがをしたミセス・イリングウォースが入院中ずっと息子のことを気にかけていたと思えるからだ。最愛の息子の婚約が破れたと知ったら悲しむだろうし、そのことが健康の回復の妨げにならないとも限らない。

「スローン、それは無理だわ」ホイットニーはわびるように言った。

しかし、スローンは、〝私にできることがあったら何でも……〟という言葉を盾に取り、事実上彼女をねじ伏せた。

「ええ、確かにそう言ったわ。でも私が言ったのはグレダに関して……」

「これがグレダと関係ないことだと言うのかい？」スローンは強引だった。

家具を磨き、十分ふっくらしたクッションをさらにぽんぽんたたきながら、ホイットニーはめぐり合わせの悪い運命をひそかにののしっていた。ミセス・イリングウォースがグレダ・コーフィールドと会ってさえいたら、スローンは最初からこんな計画は立てなかったはずだ。彼がなぜ母親にグレダを紹介しなかったのかはわからない。ただの当て推量にすぎないが、たぶん、三カ月の旅行に出発する直前に婚約をしたので、母親には電話でそのことを伝えるのが精いっぱいだったのだろう。

でもスローンは、なぜあれだけのことを言うためにわざわざ超一流のレストランに私を連れていったのだろう？　電話では話しにくいとしても、フラットでも話せたはずなのに、母親にフィアンセとして紹介する前に、私が豆料理をナイフで食べないことを確かめておきたかったというのなら別だけど。

ミセス・イリングウォースが退院したらスローンから呼び出しがかかるだろうというこ

とが頭から離れず、ホイットニーはばかなことを引き受けてしまった自分にいささかうんざりしていた。掃除道具をもとのところにしまい、手を洗ってから、気晴らしに三階のエリカの部屋のドアをたたいた。

「勉強中なら遠慮するわ」ドアを開けたエリカにホイットニーは言う。

「あらいけない！　先週あなたから豆の缶詰を借りたんだった」エリカはとんきょうな声を出した。「すっかり忘れてたわ。お豆を取り返しに来たんじゃないならどうぞ入って。例によって家の中はめちゃくちゃだけど気にしないでね。知ってるでしょ、私が年に何回かしか掃除しないの？　コーヒーをいれるわ」エリカは元気よくキッチンに向かった。

「ニュースがあるんだ」

ホイットニーは笑顔であとに続き、エリカがテーブルの上にマグを置けるほどのスペースを作ったり、椅子に積んである本をどかしたりするのを見守った。

「何だと思う？」コーヒーを前にして、エリカは嬉《うれ》しそうに言い、返事を待ちきれないようにすぐに続けた。「私、伯母さんになったの」

「ニッキ？」ミッドランドに住むエリカの妹が臨月だったことを思い出して、ホイットニーはきいた。

「五分前に電話があったの。すてきでしょ？　母子ともに元気ですって。私の甥《おい》っ子ちゃん、ミドルネームにエリックとつけられて迷惑がっているでしょうよ」

「エリカからとったのね？　いいじゃない！」

「そりゃ嬉しいけど」エリカはふと涙ぐんではなをかんだが、すぐにいつもの陽気さを取り戻し、新しいボーイフレンドができたという二つ目のニュースを披露した。「なかなか会う暇がないのよね。でも、遅くとも来週末までには甥に会いに行くつもりだし、そのとき彼に一緒に行ってもらえれば一石二鳥だわ」そう言ってエリカは笑った。「私ったら、自分のことばかりしゃべってるわ。あなたのほうはどう？　何かニュースは？」

「そうねえ……昨日スローン・イリングウォースと食事に行ったわ」

「スローン・イリングウォース？」エリカは目を丸くした。「パーティーの晩、同じベッドで寝てたって人？」

「ええ、その人よ」

　フラットに戻ったホイットニーは、エリカに会いに行く前の意気消沈した気分が当惑に置き換えられているのに気づいた。スローンとどこに行き、どんな食事をしたかについては話せても、たとえ相手が気のおけないエリカであっても、彼の婚約者の役を演じるなどという前代未聞の茶番についてはどうしても言えなかった。今までたいていのことは打ち明けてきた友達に隠しごとをしたのも妙だけれど、ホイットニーにはもう一つ引っかかることがあった。エリカに昨夜の話をするうちに、自分がいやいや誘いに応じたわけでもなく、彼とのひとときを楽しまなかったわけでもないことに気づいたのだ。

好きでもない男性と一緒にいて楽しいなんて、いったいどういうことかしら？　当惑して首を振ったとき、今夜トビーを食事によんでいたことを思い出した。「いけない！　急がなくちゃ」とひとり言を言い、財布と買い物用のバスケットをつかんで食料品の買い出しに走った。

月曜日までには、ホイットニーもだいぶ冷静さを取り戻していた。土曜日の食事はまずまずで、しおどきを知っているトビーは必要以上に長居をしてホステスをうんざりさせはしなかった。でも日曜日じゅう彼女の頭を占領していたのがトビーではなくスローンだったとしても、驚くには当たらなかった。よくよく考えてみれば、しばらくダーモットとの苦い思い出を忘れていられたのも、スローンとの食事が楽しかったからというより、グレダの身代わりになるという途方もない計画に巻きこまれたことで、頭が混乱していたからにすぎない。ダーモットと別れて以来初めて、過去ばかり振り返ってはいられない立場に立たされたのだ。

再び週末がめぐってこようとしていたが、スローンからは何の音沙汰《おとさた》もなかった。ミセス・イリングウォースはまだ病院にいるのだろう。退院したのであれば何らかの連絡があるはずだから。

金曜日の夜十一時、ごちゃごちゃ考えるのはやめてベッドに入ろうと支度を始めたが、十一時五分過ぎに例のエリカのノックがあった。

「たった今思い出したんだけど」頭のてっぺんでくくった髪に鉛筆が突きさしてあるところをみると、どうやら勉強中だったらしい。階段を駆け下りてきたのか、エリカは息をはずませて言った。「まともなスーツケースがあったら貸してくれない？」

「どうぞ中に入って」

ホイットニーがドアを広く開けると、エリカは息も継がずに話しながら部屋に入ってきた。新しいボーイフレンドのクリスはお金持の一族の出で、今度彼の姉さんのところに泊まりに行くのだけれど、自分の解体寸前のスーツケースを持っていったのでは彼に恥をかかせることになる、というわけだった。

「急いでるの」〝まともな〟スーツケースを渡し、ココアでも飲んでいかないかと誘ったホイットニーに、エリカは言った。「クリスは待たされるのが嫌いなのよ。宿題を終えたら今夜のうちに荷物をつめておかなくちゃ」

土曜日、ホイットニーはトビーと出かけ、日曜日はひとりで静かな一日を過ごした。月曜日、仕事に戻ったときはなぜかほっとしたが、一日、二日と日がたつにつれ、スローンのあのばかげた提案は単なる想像の産物だったのかもしれないと思い始めていた。彼から何の連絡もなしに次の金曜日を迎えたとき、その思いはさらに確信に近いものになった。

スローンと食事をしたあの衝撃的な夜からすでに二週間たった。ホイットニーはオフィスのパソコンのカバーをはずしながら、いくらか安心して机に向かった。この様子なら、スローンの母親の前でフィアンセの役を演じることもなさそうだ。何があったかはわからないが、とにかく、スローンの考えが変わったのは確からしい。あれからグレダと仲直りしたという可能性だってある。ホイットニーはかすかに顔を曇らせた。彼らが仲直りしたかもしれないと考えても少しも嬉しくないのはなぜかしら？

午前中、コーヒーをいれてオフィスに戻ると電話が鳴り、安心するのは早すぎたことを思い知らされた。

「君のフラットのほうの電話番号は？」スローンの少しも優しくない声が耳もとに響いた。不意を突かれて反射的に電話番号を言ってしまってから、「お母さまの容体は……」と言いかけたが、すでに電話は切れていた。「何て人！」機械に八つ当たりしてもしかたがないけれど、ホイットニーはぷりぷりしてがちゃんと受話器をたたきつけた。

自宅の電話番号をきかれてぺらぺらと答えるなんて、どこまで愚かなのかしら？　怒りを静めるのに何分かかかった。いきなり電話をかけてきて、相手に考える暇も与えずにききたいことをきき、一方的に電話を切る――いったい自分を何さまだと思っているのだろう？　あの卑劣な計画についてオフィスの電話で話したくない気持はわかるけれど、それでも……。

いや、卑劣というのは当たっていない。母親が入院しているのであれば、息子としては一刻も早い回復を願うのが当然だし、そのためにできるだけのことをしたいと思っても不思議ではない。

その週末、スローンからの電話は、少なくともホイットニーが家にいる間はなかった。どっちみち、電話があるかどうかもわからないのに、せっかくの休日を家でのらくら過ごすつもりはなかった。

月曜日の夕方に電話のベルが鳴り、ホイットニーは相手がだれか直感的に知って身構えた。

「もしもし?」ほんの何秒か待ってから受話器を取り上げた。

「昨日の夜、どこに行っていた?」これ以上不機嫌になれないような声でうなる。

「友達と約束があって……」

「今後、男友達とつき合うのはやめてもらいたい」スローンは険悪に言った。

「あなたに指図されるつもりはないわ!」ホイットニーはかっとなって言い返した。「いったい自分をだれだと思っているの? 私は好きなときに好きな人とデートするつもりよ!」

「ぼくと婚約している間は勝手なことはしてほしくないんだ」

「あなたと婚約なんかしていないわ」

「ぼくの母のためにそうすると約束したはずだ」

短い沈黙があり、ホイットニーは気の毒なミセス・イリングウォースのことを思い出して怒りを忘れた。「その後、おかげんはいかが？」

「まずまずだ」スローンも気持を落ち着かせようとしているのか、ちょっとの間口をつぐんだ。「幸い、じきに退院してヒースランズで静養することになりそうだ。だからその前に下準備をしておかないと……」

「下準備？」

「そう。婚約者同士なら当然一緒にあちこち出かけるはずだ」

「そんな必要はないわ！」ホイットニーは〝当然〟という言葉にむっとした。スローンであれだれであれ〝当然〟彼女を連れ歩く権利などあるはずがない。

「今のところ母はいくらかぼんやりしているかもしれない。でも、もしぼくたちが、一緒に行ったところとか一緒にしたことについて話せなかったら、この婚約が見せかけだと見抜くくらいのことはできるだろう」

「でも……」反論しようとしたが、スローンの母親が〝いくらかぼんやりしている〟という言葉が引っかかって、言うべきことが見つからない。「でも……トビーはどうなるの？　あなたの命令で、彼とは二度とデートできなくなったと言ったら、あまり喜ばないと思うけれど」

「君がぼくと一緒に寝ているところをグレダに見られて、おかげでぼくたちの婚約がおじゃんになったと言ったら、彼は喜ぶかな？」

「あなたって最低な人ね！」

スローンは最後に言うべきことを言って電話を切った。「明日は劇場に行くからそのつもりで支度をしておきなさい」

耳もとで電話がかちゃりと音をたて、ホイットニーは憤懣《ふんまん》やるかたなく受話器をにらんだ。いつかきっと仕返しをしてやる！　絶対に！　一緒に出かけないならトビーに例の話をするとほのめかすなんて、どこかのごろつきのすることじゃないの！　スローンはなぜか、あのパーティーを締めくくった珍事件の話がトビーの耳に入っていないことを知っていた。それとも、ただ当てずっぽうであぁ言っただけかしら？

電話を切ってから三十分は気がおさまらなかったが、それからゆっくりと理性が戻ってきて、ホイットニーはさっきの自分の反応について改めて考えてみた。本当の婚約者同士に見せるためにいろいろなところに一緒に出かけるべきだと言われて、どうしてあれほど動揺したのか、自分でもよくわからない。それに、なぜスローンに対してトビーとの関係をことさら強調したのかも謎《なぞ》だった。

そんな過剰反応をさらに分析した結果、あることに思い当たった。私はスローンと二人きりで出かけるのを怖がっているのだ。

怖いって、何が？　その答えはすぐに見つかった。再び傷つくのが……。

でもどうして？　スローン・イリングウォースとたとえ百回デートしたとしても、何も感じるはずはない。新たな苦しみを背負いこむこともないはずだ。だって、今でもまだダーモットを忘れられないでいるのだから。

その夜、次から次へとさまざまな思いが押し寄せてなかなか眠れなかった。

翌朝、スローンの言ったことにも多少の真実があると認めながら、ホイットニーはベッドを離れた。もし彼と私がたった一度のデートの話ばかりしていたら、スローンの母親は二人が本当の婚約者同士かどうか疑うかもしれない。

今夜はミセス・イリングウォースのために、気の毒なスローンの母親のためだけに彼と出かけるのだと心に決めて、ホイットニーはオフィスに出た。しかし仕事中ずっと、スローンの脅迫めいたやりかたに屈服させられたという屈辱感が頭を離れることはなかった。

何時に迎えに来るかスローンは言わなかったけれど、こちらから電話をしてきくのもしゃくだったので、適当な時間に支度をすませて待った。

まもなく外玄関のベルが鳴り、心臓が突然高鳴るのを意識して、ホイットニーはバッグを取り上げ、フラットの鍵《かぎ》をかけた。さあ、茶番劇の始まりだ。

こんなことにかかわり合うのは不愉快千万であったから、迎えに来たスローンに「とてもよく似合う」と言われたとき、胸が一種の歓喜に震えたのは妙だった。

〝ほんのふだん着〟と言いたいところだが、それは事実ではない。強要されたデートであるにしても、今夜は何を着ようかと結構頭を悩ませたのだ。それで、「どうも」と答えるにとどめた。

終始冷ややかでいようと決心してはいたものの、車を降りて劇場まで歩く何分かの間、背が高くて趣味のいい男性にエスコートされていることが何となく誇らしく感じられ、心が浮き立つのを否定できなかった。

「ミステリーが好きだといいが」座席に着くとスローンが言った。

「茶番劇よりはましだわ」ホイットニーはすまして言うと正面に目を向けたが、その一瞬、スローンが笑いをこらえるように唇の端をぴくっとさせたのに気がついた。

幕が上がって一流の俳優たちのすばらしい演技が始まった。本来ならすっかり舞台に夢中になるところだが、隣に座っている男性の存在が気になって集中するのが難しい。

幕間《まくあい》に、二人でロビーに出て軽い飲み物で喉をうるおした。マナーに関しては厳しく育てられたホイットニーなので、スローンの言うことには普通に受け答えはしたけれど、それ以外はかたい態度を崩さなかった。

劇場を出て車に戻るときも、ホイットニーは申し分ないよそよそしさを保っていた。そして駐車場を出ようと車の切れ目を待つ間、身についたお行儀のよさが再び頭をもたげ、こういう場合に口にすべきことを口にした。「今夜はありがとう……」しかし、紋切り型のお礼はすぐにぴしゃりとはねつけられた。

「今夜はまだ終わっていない」

「終わっていない？」ホイットニーは熱のない口調で繰り返した。スローンはひどくいらいらしているらしい。いくらマナーがよくても冷淡なのが気に入らないというわけね？でもホイットニーとしてはいっこうにかまわなかった。

「そう、そう言ったんだ。これからナイトクラブに……」

「ナイトクラブですって？」とんでもない。相手がだれであれナイトクラブなんかに行くものですか！「いいえ、今夜はこのまま送っていただきたいわ」

首をめぐらしたスローンの瞳が、街の明かりを映して冷たくきらっと光ったような気がした。怒ってはいないにしても上機嫌とはいえないようだ。

「わかった、今夜はやめておこう」スローンはあっさりと譲歩したが、ホイットニーがほっとする間もなくこう続けた。「いつかほかのときに」そして車は交通の流れに滑りこんだ。

彼らはほとんど口をきかずにドライヴを続け、ホイットニーは一刻も早くこの苦役から逃れることばかりを考えていた。しかしスローンも礼儀は重んじるほうらしく、フラットの前に車をとめたあと、車を降りて玄関まで送ってきた。

「ぼくがしよう」スローンはホイットニーから鍵を受け取るとドアを開け、中のスイッチをひねって明かりをつけた。

「ありがとう」とつぶやき、ホールに入って別れの言葉を言おうと振り返ったホイットニーは、敷居の内側に立ったままでいるスローンにいぶかしげな目を向けた。彼が外に出ない限りドアを閉めるわけにはいかない。

「ぼくたちの婚約に信憑性《しんぴょうせい》を添えるために……」スローンは油断ならない笑みを浮かべて言った。「君の住まいも見ておいたほうがよくはない？」

そのとき頭にひらめいた言葉を声に出していたら育ちのよさは疑われていただろう。ホイットニーはひと呼吸おき、さっき彼がまったく同じせりふを口にしたことを忘れてこう言った。「いつかほかのときに」

スローンが少しも動じたふうもなくほほえんだままなので、ホイットニーはますますいらだちをつのらせた。

「これでおあいこかな？」とつぶやくと、スローンはこのうえなく尊大な足取りで車に戻っていった。

フラットの住人を起こす心配がなかったらドアを思いきりたたきつけていただろう。しかしそうするわけにもいかずそっとドアを閉めると、ホイットニーは煮えくり返るような思いでフラットへの階段を上がった。〝いつかほかのときに〟ですって？　それではまるで彼とまた会う約束をしたみたいじゃないの！

手早く寝支度をし、三十分もしないうちにナイティーを着てベッドに横たわった。ずうずうしくてへそ曲がりでいやな人！

ところがひたひたと眠りの波が寄せてくるころ、怒りは嘘《うそ》のように引いていき、ホイットニーは別れ際のスローンのほほえみを思い出しながら、唇に小さな笑みをたたえて眠りに落ちた。

5

どんなふうに、そしていつから、スローン・イリングウォースに好感を持つようになったのかしら？　ある土曜日の午後、ホイットニーは深いもの思いにとらえられていた。

劇場に出かけたのはほぼ一カ月前。あれから二人は何度となく会っている。あの晩行くのを拒んだナイトクラブにも出かけ、それがすばらしく楽しかったことも認めないわけにはいかない。

実際、スローンと一緒に出かけて退屈な思いをしたことは一度もなかった。意地でも打ちとけるのはよそうと決めていたのに、いつの間にかその決心を忘れていた。

ホイットニーは自分が微笑しているのに気づき、急いで表情を引きしめた。なぜか最近はほほえむ回数が増えたようだ。そのことについて考えているうちに、もう一つ気になることに思い当たった。そういえば、このごろは以前ほどひんぱんにダーモットのことを思い出さなくなっている。

しばらく考えて、結論が出た。彼のことを思い出さなくても、驚くには当たらない。ここのところ忙しくて、思いわずらう暇がなかったからだ。忙しいのはスローンと出かけることが多くなったせいだった。

劇場に行った次の日の夜、スローンからフラットに電話があった。「明日の晩、食事はどう?」

ミセス・イリングウォースは入院中だし、グレダ・コーフィールドが彼の胸に戻ったという噂《うわさ》も聞いていないので、特に断る理由も思いつかなかった。「まあ、これほど嬉《うれ》しいお誘いはないわ」

「そう言ってくれると思った」スローンは彼女の皮肉を逆手に取ってしゃあしゃあと応じ、いつものように先に電話を切った。

しかしそのときばかりはホイットニーも思わず笑っていた。認めるのはしゃくだけれど彼はいいセンスをしている。そして間違いなく彼女の皮肉に気づいてそれを利用した。

彼を好きになり始めたのはあのころ? いずれにせよ、次の日の夕方ドアのベルが鳴ったとき、ホイットニーの態度からそれまでのかたさは消えていた。

「そのグリーンの瞳がとてもチャーミングだって、だれかに言われたことがある?」すてきにおいしい食事のあと、家まで送ってきたスローンが言った。

ホイットニーは、ドアを開けてホールの明かりをつけたスローンから鍵《かぎ》を受け取った。

「しょっちゅうそう言われるわ」わざと大まじめに言い、スローンの唇がセクシーなカーブを描くのを見て胸を躍らせた。「おやすみなさい」

「おやすみ、ホイットニー」

その週の土曜日はナイトクラブに行った。お互いのことをもっとよく知るようになったのもあの晩だったと思う。スローンは相手から話を誘い出す名人で、いつも熱心に彼女の話に耳を傾けた。そして彼らには多くの共通点があった。

何日かスローンから連絡がないままに過ぎたけれど、いずれ電話がかかってくるという確信はあった。母親思いの彼が途中でこの計画を投げ出すはずはないのだから。

仕事が忙しいうえ、入院中の母親を見舞うのに時間をとられているのだろうと思い、ホイットニーはその間、何度かトビーと出かけた。ほかのだれかとデートするようになったからといって、それまでの友達をないがしろにするのがいいこととは思えない。

「今夜、ギャラリーのオープニングがあるんだが、行ける?」五日間うんともすんとも言ってこなかったスローンから、突然電話がかかった。

「あなたのためなら何なりと」と皮肉っぽく言ったとたん、ホイットニーは唇をかんだ。これではまるで、しばらく音沙汰《おとさた》がなかったことをうらんでいるみたいに聞こえてしまう!「何時に?」前言を取り消すわけにもいかないので急いできき、彼が迎えに来る時刻を確認して電話を切った。気をつけなければ。スローンがいろいろなところに誘うのは、偽りの婚約を本当らしく見せるためにすぎないということを忘れてはいけない。そしてホイットニーが偽装婚約に同意したのも、責任上、彼の母親に悲しい思いをさせられないと感じたからだった。

その事実を肝に銘じ、スローン・イリングウォース個人には全然興味はないのだと自分に言い聞かせて、ホイットニーはギャラリーに出かける支度にとりかかった。ダーモットとの恋の痛みが癒《い》えていないのだから、ほかの男性のことを考えられるようになるまでにはまだかなり時間がかかるだろう。スローンとは行きがかり上つき合うはめに陥ったけれど、彼は本当の婚約者でないのはもちろんのこと、友達という定義にも当てはまらない。友達でさえないと心の中できめつけたにもかかわらず、スローンとの距離がまた一歩縮まったのはその晩のことだった。

ギャラリーに展示されている絵画は主に風景画と静物に大別されていた。それぞれの作品を丹念に見ながら前に進み、二人は〝前衛的〟とでもいうべき作品の前に立ち止まった。ホイットニーはスローンと並んで三十秒ほど、ネイヴィーとオレンジと赤の絵具が塗りつけられたカンヴァスをのぞきこんでいた。入口でもらったカタログによると、《歓喜》というタイトルらしい。もう一度その油絵を見つめ、ホイットニーは突然理解した。

興奮ぎみに振り返ると、スローンはうんざりしたような表情で次の絵に進もうと彼女の肘を取った。

「いいわね」ホイットニーは言う。

「何が？」スローンは立ち止まったが、肘は支えたままだ。

「わからない？」ホイットニーはきき、その絵を指さした。

「ネイヴィーとオレンジと赤を塗りたくった代物が芸術だとでもいうのかい？」スローンは絵から目を離し、きらきらと輝くグリーンの瞳を見下ろした。

「ね、もう一度よく見て。あの赤いところ、あれは口よ、笑っているでしょう？」最初見たときは何が何だかわからなかったのは確かだけれど、じっくり見ているとカンヴァスから歓喜が伝わってくるような気さえする。「私、気に入ったわ」次の絵に移りながらホイットニーは言った。

「どちらかというとぼくは……」スローンはグリーンの瞳から愛らしい唇に目を落とした。

「君のほうが気に入っている」

それには答えようがなく、どぎまぎしてたしなめる。「絵を見に来たんでしょう？」そして二人はほとんど同時にほほえんだ。

ギャラリーからの帰り、彼らの間には今までなかった何か——ぬくもり、とか親しみ、というような——が忍びこんでいた。少なくともホイットニーに関して言えば、相手に気兼ねせず。自由に思ったことを口にできる気分になっていた。

ミセス・イリングウォースが退院していたら、スローンは今ごろ例の計画を実行に移していただろう。ということは、彼の母親はまだ入院中らしい。「あなたのお母さま、いくらかよくなられて?」フラットに近づいたとき、ホイットニーはきいた。

「母は……一進一退というところだ」スローンは簡単にそれだけ言うと、運転に全神経を集中させる必要があるというように道路に目を凝らした。

ホイットニーはしばらく黙っていたが、たとえスローンの破談の原因が彼女にあるとしても、多少のことを知る権利はあるはずだと考え、おずおずと切り出した。「あなた、いつだったか、お母さまが〝いくらかぼんやりしている〟っておっしゃったわね?」

「そんなこと言ったっけ?」彼はそんなプライベートなことまでしゃべった自分に驚いているようだった。

「その後、意識ははっきりしてらしたの?」ホイットニーが穏やかながらきっぱりした口調で問いかけた。「つまり、だれでもお年を召すと……」スローンの母親がいくつかは知らない。でももし高齢で出産したのであれば、七十歳を過ぎていることは十分考えられる。最近では七十歳でも若々しい人がたくさんいるけれど、ミセス・イリングウォースは交通事故にあったのだし、頭を打った可能性だって否定できない。

「この前母と話したときは……そう、ちょっとぼんやりしていたかもしれない」スローンはあいまいな言いかたをした
「お気の毒に」ホイットニーの母も死ぬ前は何ごとに対してもうわの空だったので、人ごととは思えないけれど、スローンはそれ以上続けようとはせず、その話はそこで打ち切り

になった。

フラットに着き、ホイットニーはコーヒーでも飲んでいかないかとスローンを誘ったが、彼は家でする仕事が残っているからと言って辞退した。

その後彼らはひんぱんに会うようになった。デートのたびに行く先が違うのは、たぶん、母親の前でバラエティーに富んだ話ができるようにという、思惑があってのことだろう。それにしてもミセス・イリングウォースがまだ入院しているとしたら、事故の後遺症が相当深刻なのだと考えざるをえなかった。かなりの大手術をした人たちの話を何度か聞いたことがあるけれど、たいていの場合、二週間か三週間で退院している。

さらに何日かたったが、スローンは相変わらずホイットニーをフィアンセとして母親に紹介しようとはしなかった。もしかしたらミセス・イリングウォースの意識がまだはっきり回復していないのかもしれない、と同情をこめてホイットニーは考えていた。

土曜日、ホイットニーは深いもの思いから浮かび上がった。今週末はスローンと会う約束はない。この前彼と会ったのは木曜日で、金曜の朝から日曜日までは仕事でスイスに出かけると言っていた。

お茶でもいれようかしらと立ち上がったとき、ふとあることに気がついて首をかしげた。そういえばこの三十分、スローンのことばかり考えてダーモットのことは忘れていた。でもよく考えてみれば別におかしなことでもないのかもしれない。スローンと知り合ったのはごく最近で、ダーモットとはもう何カ月も会っていないのだから。

スローンはどうだろう？　彼は今でもグレダのことばかり考えているのかしら？　ティーセットののったお盆を居間に運びながらホイットニーは考えた。二人の会話にグレダの話が出たことはない。スローンが今でもグレダのことで苦しんでいるとしたら……彼はとてもうまく感情を隠していると言えるだろう。

そのとき耳慣れたエリカのノックが部屋に響いた。

「お茶の匂《にお》いがした？」ホイットニーはドアを開けて友達をからかった。

「ゆっくりしてもいられないのよ、ほんと」エリカはせかせかと続けた。「今日はめちゃくちゃ忙しくて息もつけなかったわ。それでたった今思い出したんだけど、明日、甥《おい》のジェイムス・エリックの洗礼式があって、私が名づけ親として出席することになっているの。でも、かぶっていく帽子がないってことに今気がついたのよ。適当なのがあったら貸してくれない？」

「いくつかあると思うわ」エリカとベッドルームに向かおうとしたちょうどそのとき、フラットの外のベルが鳴った。スローン？　彼が予定より早く帰ってきたのかしら？　ホイットニーは一瞬胸をときめかせ、それから自分の愚かさを笑った。スローンは昨日スイスに出発したばかりだし、万一今日帰ってきたとしても、電話もせずに直接訪ねてくることなどありえない。「ちょっと待っててくれる？　だれが来たのか見てくるわ」

「あとでまた来るわ」エリカは一分もむだにできないのだと言って、階段を駆け上がっていった。

ホイットニーは階段を下りてドアを開けた。

「よかった。留守かもしれないと思っていたんだ」

トビーだった。いつになく緊張した面持ちである。最近何度か誘いを断らなければならなかった後ろめたさから、ホイットニーは晴れやかな笑みで彼を迎え入れた。

「ちょうどお茶を飲んでいたところ。よかったら一緒にいかが?」

「いいね」トビーは言うが、階段を上がる足取りは今ひとつ元気がない。

彼のそばのテーブルにティーカップを置き、ホイットニーは自分も座ってひと口お茶を飲んだ。「わざわざここまで散歩に来たわけではないんでしょう?」

「ぼくは……つまり……」トビーは言いにくそうに口ごもった。

「話して」ホイットニーはうながしたが、突然警戒心が頭をもたげた。

「実は」トビーは話をどう切り出したらいいか迷っているように頭を揺すった。「君に言いたいことを午前中ずっと練習してきたっていうのに、ここに来たとたん何もかも忘れちゃった」

彼の〝言いたいこと〟を聞きたいかどうかは別として、ホイットニーは友達として力になりたいと思った。

「練習が必要な話って、どんなこと?」

「うまく……言えそうもないな」トビーはつぶやき、苦しそうに続けた。「手紙を書こうかとも思ったんだが、そうすると君の返事を何日か待つことになるだろう? そんなのには耐えられそうもなかった。つまり、君がぼくと同じような気持でぼくのことを思ってくれているかどうか、一刻も早く知る必要があったんだ」急に黙りこみ、それからびっくりしたようにホイットニーを見つめた。「言えないと思っていたのに、たった今言ってしまった! ぼくは君のことを真剣に思っている、そう言いたかったんだ」ところがホイットニーの表情には愛の歓喜が輝いていない。「君は、ぼくのこと……好きじゃなさそうだね」

「あなたの言っていること、よくわからないわ、トビー」彼が本気で愛を告白していると、にわかには信じられなかった。「前にも言ったように、あなたと出かけるのは……」

「わかってる」トビーは大きく息を吸いこんだ。「特定のだれかとつき合う気はない、そう言ったね? だから、君が何らかのつらい経験で傷ついているんだとぼくは考えた。で、君がそういう気持になるまで待とうと思ったんだ。ただ……」もう一度息を吸いこむ。「最近はぼく以外のだれかと出かけているようなので、そろそろ昔のことは忘れてやり直す気になったのかもしれないと……正直なところ、そいつがぼくより先にプロポーズするかもしれないと思うと、いても立ってもいられなくなったんだ」

プロポーズですって? トビーの口からそこまで切迫した言葉が出るとは! ホイット

ニーは戸惑った。確かにこのところ何度かトビーの誘いを断っている。それがほかのだれかとデートしているためだというトビーの推測は当たっているけれど、愛の苦しみを知っているホイットニーにしてみれば彼をこれ以上傷つけるに忍びなかった。

「ああ、トビー」それ以外にどう言ったらいいかわからない。

しかしトビーはその中にすべての答えを読み取っていた。「ぼくは愛されていない……そうだね？」

「友達として、あなたを大切に思っているわ、トビー」ホイットニーは悲しげに言った。

「ただの友達として……」

「たぶん、そう言われると思っていた」トビーはすっかりしょげ返ってうつむいていたが、少しして思いきったように顔を上げた。「君と友達でいられるっていうだけですごいことだと思うよ」そう言うと、いかにも喉が渇いたというようにカップを取り上げ、紅茶をごくりと飲み干した。「土曜日はたて続けに三回断られたけど、四回目の今日、君を誘ったらずうずうしいと思われるかな？」

「ばかなこと言わないで！」ホイットニーは思わずそう言っていた。考えてみると、スローンとやりかたこそ違うが、こういうのも一種の脅迫ではないかしら。

「だめだろうね？」トビーの途方に暮れた少年みたいな顔つきは何よりも効を奏した。

「私……」ホイットニーは躊躇《ちゅうちょ》した。今夜トビーと出かけて何か不都合でもあるだろうか？　スローンはまだスイスにいるし、彼のために土曜の夜をあけておく必要もないわけだし。それに、スローンだって、エレガントな女性とチューリッヒの夜を楽しんでいるかもしれない。そう思った瞬間、ホイットニーは心を決めていた。「いいわ」トビーの顔が笑みに覆われ、もはや前言を取り消すことはできなくなった。

いったいどうなっているの？　トビーが帰るやいなやホイットニーは自問した。スローンがグレダみたいな女性とデートしているかもしれないと思ったとたん、トビーの誘いに乗るなんて！　嫉妬《しっと》？　まさか！　あまりにもばかげた考えに、ホイットニーは声をあげて笑いだすところだった。

スローンを頭から追い払い、トビーのことを考えよう。思わぬプロポーズを受け、それでも友達として会い続けるのがトビーにとっていいことかどうか、自信がない。会社で顔を合わせるのはしかたないとしても……。

しばらく考えてから、仕事の時間外にトビーと会っても問題はないだろうという結論に達した。自分の経験に照らし合わせてみて、トビーが本当の意味の愛を口にしたとは思えない。彼はつい最近、〝あまりにも世慣れた〟姉たちのグループにはとうていついていけないので、彼女たちにはなるべく近づかないようにしていると言っていた。トビーが求めるものは愛と結婚。そして〝世慣れていない〟女の子。〝世慣れていない〟と思われることの善《よ》し悪《あ》しは別として、彼にとっては一緒にいて楽しく肩の張らない相手が愛と結婚の対象なのだ。

それが本当の愛ではないことを、今夜折を見てトビーに話そうと心に決め、ホイットニーはエリカに貸す帽子を探しにベッドルームに向かった。そのとき電話のベルが鳴り、スローンの声が耳に飛びこんできた。

「帰ってきたの？」動揺を隠してホイットニーはきいた。スイスからかけてきたのかしら？　それともイギリスから？

「仕事が予定より早く片づいたんだ」とスローンは言い、スイス女性とデートしているかもしれないというホイットニーの想像を打ち破った。「うまくいけば君のところに八時に迎えに行けそうだ。一緒に食事でも……」

「ちょっと待って」ホイットニーは彼の厚かましさに腹を立ててさえぎった。突然外国から帰り、電話一本ですべて思いどおりになると思うなんて大間違い。いつも彼のために時間をあけてあるわけじゃないわ。「今夜は都合が悪いの」と冷ややかに言う。

「なぜ？」

「ほかに約束があるから」

「だれと？」

「あなたに関係あるとは思わないけれど、知りたいなら言うわ」ホイットニーは辛辣《しんらつ》に言った。「今夜はトビー・ケス……」しかし最後まで言う前に、おそろしく不機嫌な声にさ

かった。

「君が両天秤《てんびん》にかけるようなタイプとは思わなかったね！」スローンはさげすみを隠さなえぎられた。

ホイットニーはそのとき前々からの念願を成就させた。つまり、彼が切る前に一方的に受話器をたたきつけたのだ。もちろん、電話を切ってしまってから自分のしたことに気づいたのだったが。

ずうずうしい男！　あんなことを言う権利があるとでも思っているのかしら？　もうたくさん。八時に迎えに行くですって？　いいえ、彼となんか出かけるつもりはさらさらない。今まではミセス・イリングウォースのために……そうだった。すべては気の毒なミセス・イリングウォースのため……。

それから十分ほど、スローンの母親がどうなろうと知ったことではないと自分に言い聞かせて過ごした。一面識もない女性のことまで心配する必要がどこにあるだろう？

しかし、彼女自身の母の思い出がなかなか頭を去ろうとはしなかった。かわいそうなママ。信じきっていた夫に裏切られ、それ以来、一度として本来のママに戻ることはなかった。ぼんやりと、いつも何かに気を取られているふうで、ついには運転を誤って……。

ホイットニーは目をしばたたいて涙を押し戻し、スローンへの怒りが消えているのに気がついた。何とかもう一度怒りを呼び戻そうと思えば思うほど、こうなったのはすべて自分のせいだという事実が思い出される。そもそも無断で他人のベッドを使い、恋人同士を引き裂いたのはホイットニーだった。あんなことがなかったら彼らは幸せに結婚していただろうし、彼女自身、スローンの恋人になりすます必要もなかったのだ。

それなのに、スローンはそのことについてこぼしたことは一度もない。愛する人を失って悲しくないはずはないのに、彼は勇敢にそれに耐え、苦しみを胸ひとつにおさめている。ただ一度感情を表したのは、事故にあって入院している母親の話をしたときだけだった。そう、おそらくスイスから早めに帰ったのも、母親の身を案じてのことだろう。

すでに怒りは跡形もなく、ホイットニーは受話器を取ってトビーの番号を押した。彼が喜ぶとは思えないけれどしかたがない。

「もしもし、トビー?」呼び出し音がとぎれると同時に、ホイットニーは急いで言った。

「ホイットニー! たった今君のところから帰ったばかりなんだ。何の用?」

「あの……私……」喜び勇んだトビーの声を聞いてしまった今、用件を切り出すのは容易ではない。ホイットニーは心を落ち着かせようと息を吸った。

「ごめんなさい、トビー。今夜の約束、だめになってしまったの」

「だめって……」

ホイットニーは今にも〝いいえ、何でもないの。約束どおり今夜会いましょう〟と言うところだった。でもそうするわけにはいかない。スローンのために、いや、スローンの母親のために、しなければならないことがあるのだ。

「さっきぼくがあんなことを言ったから？　もうぼくたちは会わないほうがいいと考えたのかい？」

「違うわ、トビー」心の痛みをこらえて静かに言った。「あなたとは関係ないことで。ただ……その……急用ができてしまって、今夜は会えなくなったの。私たちの友情に変わりはないわ」

「今でも友達と思っていていいんだね？」

「月曜日のお昼、一緒にどう？　私がおごるわ」

「オーケー、それで決まりだ」トビーは急に朗らかになってそう言った。

人生が突然複雑になったような気がしてため息をつき、ホイットニーは受話器を置いた。スローンの電話番号は……しかしその前に、今夜いっぱいの自由があることにホイットニーは気がついた、スローンを断り、トビーを断り、今は何の約束にも縛られていない。さっきあんなふうに電話を切ったのだから、今さらスローンにかけるのはプライドが許さない。それからしばらくの間、今夜自分がどうしたいのかと考え続けた。スローンと会いたいのか、それともフラットでひとり静かに過ごしたいのか。何秒かのち、彼女の指はスローン・イリングウォースの番号を押していた。

呼び出し音は果てしなく続くかのようで、自分から進んでプライドを捨てたという屈辱感に、受話器を握りしめるてのひらがじっとりと汗ばんでくるのが感じられる。これだけ待ったのだから、たとえ今電話を切っても〝やるだけはやった〟という自己弁護はできるだろう。そう思った瞬間、向こうの受話器が取り上げられた。

「イリングウォースです」スローンの低い声が伝わってきて、ホイットニーは心臓がおかしくなったように打ち始めるのを意識した、

「スローン」その声はかすれている。でも次にこう言ったとき、ホイットニーが何よりも必要とした超然とした響きがそこにはあった。「あなたが言ったように八時に支度をして待っているわ」

6

電話から離れるホイットニーの胸は静かになっていた。スローンが出たとたん胸がどきどきしたのは屈辱感のせいに違いない。それにしても、今思えば、わざわざスローンに電話をしたことが愚かしく感じられる。自分自身にばかりかスローンに対しても腹が立ってならない。

初めてスローンに会った、あのひどいパーティーに行くと約束した日が呪《のろ》わしく、やはり今夜は出かけられなくなったと、もう一度電話をかけたい衝動にかられてしまう。

そんなことをしたらいっそう自己嫌悪に陥ることは確かで、ホイットニーは何もかもほうり出したい気分でベッドルームに向かった。自分の母親にも嘘《うそ》一つついたことがないのに、スローンの母の前で果たしてうまくできるかどうか自信はない。たとえ自分から進んで嘘をつくわけではないにしろ、フィアンセとして紹介されたときどんな顔をしたらいいかもわからなかった。

ため息をつき、ホイットニーはワードローブの中からお気に入りの一着を取り出した。

両手を上げて降参してしまったらどんなに楽かと思う一方、これを最後までやり抜くしかないという責任感が頭をもたげる。あのばかげたパーティーに行き、他人のベッドにもぐりこみ、眠ってしまったのはだれ？　それも、カバーの下は裸と思われてもしかたのない格好で、衆人環視の中で目覚めたのはだれ？　隣で寝ていたスローンが上半身裸だったことを考えると、グレダが早合点したとしても責めるには当たらない。

あの状況でグレダは、赤い血の流れている女性ならだれもがしたことをしたにすぎない。つまり彼女は婚約者の裏切りをなじり、婚約を無効にした。そしてスローンは結婚相手を失ったばかりか、そのことが入院中の母親にどんな影響を与えるかという心配までかかえこむことになった。

それもこれもみんな、もとはと言えばホイットニーのせい。だとすると息子の婚約を喜んでいるミセス・イリングウォースを悲しませるわけにはいかない。いくら考えても結論は一つ……お風呂から上がってグリーンの麻のドレスに腕を通しながら、ホイットニーは不機嫌に考えた。

迎えに来たスローンもご機嫌斜めであるらしいことはすぐにわかった。

〝こんなにめいっぱいおしゃれをしたなんてばかみたい〟むっつりとフラットのステップを下りて車に向かうスローンについていきながら、ホイットニーは心の中でつぶやいた。

いくら不機嫌でもマナーだけは忘れないスローンが助手席のドアを開けて待ち、ホイットニーも形ばかりの〝ありがとう〟を、今度は声に出してつぶやいた。

ドライヴの間じゅう、車の中を険悪な沈黙が支配していた。ひと晩、ひと言も交わさずに
に過ぎたとしてもちっともかまわない、とホイットニーはかたくなに考えていた。絶対にこっちから折れたりはしないから！

　黙りこくったまま五分間。ちらっと横目でスローンの様子をうかがうと、彼は相変わらず石のようにかたい表情を崩していない。今夜どこかで食事をするとしたら、会話の内容は〝ソースをお願い〟とか〝こしょうを取って〟とかに限定されることになりそうだ。スローンが仏頂面をしていても痛くもかゆくもないけれど、と思ったとき、ふとある考えがひらめいてホイットニーは不安になった。もしかしたら、ミセス・イリングウォースのことでよくない知らせでもあったのかしら？

「あなたのお母さま……」とっさにそう言ってから、今度はもっとゆっくりと言葉を選んだ。「スイスから帰ってお母さまとお会いになった？」

　スローンはなかなか答えようとはせず、その間、ミセス・イリングウォースに何かあったに違いないという不安はますますつのった。

「会ってはいないが電話で話した」そっけない返事ではあったが、ホイットニーはひとまず胸を撫《な》で下ろした。病院に行く時間はなかったらしい。

もう少し待ってみたがそれ以上の説明はなく、ホイットニーは「そうなの」とあいまい

につぶやくしかなかった。たぶん、空港に着いてすぐ病院に電話を入れたのだろう。どこの病院であれ、スローンの母親であれば個室に入っているはずだし、枕《まくら》もとに自由に使える電話が置いてあることも十分考えられる。忙しくて見舞いに行けないような場合、スローンはおそらく、ひんぱんに病院に電話しているに違いない。

例によって、今夜のレストランもホイットニーには初めてのところだった。結構いい感じの店だったが、それまでに行ったことのあるいくつかの店と比べると、雰囲気に欠けていた。でも味にうるさいスローンがここを選んだのであれば、シェフの腕を評価してのことだろう。

彼らが案内されたテーブルは静かなコーナーにあって、レストランのほとんどを見渡せる一方、ほかの客の視線からはさえぎられていた。

〝徹頭徹尾不愉快なパートナーと食事をするのはどんなに楽しいことかしら〟そう苦々しく心の中でつぶやきながら、ホイットニーはあきらめにも似た気持で椅子に座った。しかし、洋梨《ようなし》のブルーチーズ詰めを食べているとき、重苦しい沈黙を無愛想に破ったのはスローンのほうだった。

「ケストンとのデートを断ったことでぼくに感謝しろと言うのか？」

ホイットニーはちらっと目を上げる。傲慢《ごうまん》に突き出された顎を見るまでもなく、彼が戦いを挑んでいると察するのにたいした想像力を必要としなかった。戦いには戦いを。わからず屋に平和を説いてみたところで始まらない。

「何であれ、あなたにありがたがってもらおうとは思っていないわ！」それだけ言うと、ホイットニーは平静を装って洋梨に注意を戻した。

テーブル越しに危険な視線を感じてはいたが、食事の間は可能な限り知らんふりを決めこむことにした。彼らのデートのリストに新しいレストランが加わったのだし、少しは味見もしたのだから本来の目的は果たしたはずだ。もう帰ってもいいのではないかと思い始めたとき、スローンがやぶからぼうに言った。

「彼とはいつ会う？」

「彼って？」

「ケストンさ！　君は何としても彼の首に縄をくくりつけておく気でいるらしい。今夜のデートをキャンセルする代わりに、いつかほかの日に会う約束をして彼のご機嫌をとった、そうだろう？」

彼の激しい攻撃に、そして抜け目ない洞察力にびっくりして、ホイットニーは冷ややかに相手を見つめた。トビーの首に縄をくくりつけることなんか考えもしなかったけれど、それ以外の点ではスローンの推察は見事に当たっていた。

「返事は？」スローンはいらいらとうながした。「ケストンとはいつ会う？」

「そんなに知りたいならお教えするわ。月曜日のお昼よ。ついでに言わせてもらうけれど、電話であなたが言ったみたいに、私は両天秤《てんびん》になんかかけていないわ」

スローンは鼻を鳴らしただけで、その言葉を信じたかどうかははっきりしなかった。

「ぼくと会わないときはケストンと出かけていたってわけか？」

「そうだとしてもあなたには関係ないでしょう？」ホイットニーはかっとして言い返した。

「君はぼくと婚約している、忘れた？」

「婚約しているふりをしているだけだわ。それもあなたのお母さまのためだけにね！」

彼の母親のことを口にすべきではなかった。気の毒なミセス・イリングウォースのことを考えるとつい気が弱くなってしまう。ここで気弱になったら横暴なスローンの思うつぼにはまるのだ。確かにスローンには借りがある。でも、だからといってほかの男友達と会うなと言う権利は彼にはない。

「君がほかの男とデートしているってことが母の耳に入ったらどうなると思う？」相変わらず威圧的にスローンは言った。

「トビーは〝ほかの男〟なんかじゃないわ！」ホイットニーは周囲を気にして声を落とした。「それに、そんなことがあなたのお母さまの耳に入るわけは……」そこまで言って口を閉じた。ないとは言えない。トビーがミセス・イリングウォースの知り合いだったら？予想外のことが次々と起こる今年の運勢からして、トビーがミセス・イリングウォースと偶然出会い、互いの近況を報告する可能性はゼロとは言えない。気持を落ち着かせようと大きく息を吸い、改めて口を開いた。「トビーはいいお友達よ」

「よしてくれ」

「本当よ！　私たち……」

「彼に手を握られたこともないと言うつもりかい？」

「いいえ、でも……」

「彼はキス一つしようとしなかった？」

「キスは……したけれど」デートのあと、トビーは一度だけキスを求めてきた。でもあれは頬の上に触れただけだった。

「なるほど。確かにケストンは〝いいお友達〟らしい」スローンは皮肉たっぷりにあざけった。「今度はこう言うつもりじゃないかな――彼にプロポーズされたこともない、と」

どう答えたらいいだろう？　スローン・イリングウォースと出会ったのが、いや、そのことについて言えばトビー・ケストンと出会ったのも、不運の始まりだった。今日だって、受話器を取り上げてスローンの番号を押しさえしなかったらこんな窮地には立たずにすんだだろう。

「どう？」スローンは攻撃の手を休めようとはしない。「ケストンは君にプロポーズしたね？　そして君は……」

「ノーと言ったわ！」今までだれかになぐりかかりたいと思ったことはなかったが、たった今、ホイットニーはそうしたかった。トビーのプライベートな告白を第三者に告げるのは良心がとがめるけれど、今の場合、そう答える以外になかった。

「それでも君たちは〝いいお友達〟同士だと言い張るのか？」

何か言い返したい。でもどう説明してもスローンが信じるとは思えなかった。何か言えば言うほど、彼の目にはホイットニーが嘘つきと映るに違いない。彼女はしかたなく黙りこんだ。嘘つき……彼は母親のために嘘をつこうとしているかもしれない。でもなぜか、それ以外のときは決して嘘をつくようなタイプではないという気がする。

メインコースにとりかかりながら、ホイットニーは、どうしてスローンはこんなに攻撃的なのかしら、と考えた。スイスでの仕事がうまくいかなかった？　いいえ、たとえ期待どおりに仕事が進まなかったとしても、そのいらいらを他人にぶつけるような人とは思えない。

だとしたらミセス・イリングウォースに関して何か心配ごとでもあるのだろうか？　スローンが入院中の母親のことを気遣っているのは間違いない。ひょっとしたら、ミセス・イリングウォースの容体は彼が言うより重いのかもしれない。いや、それもおかしい。もし母親の容体が悪ければ、好きでもない女性と食事をするより病院のベッドのそばにいたいだろう。

好きでもない女性と？　心臓が大きく一つどきんと打つ。スローンが狂暴なまでに不機嫌なのは嫉妬《しっと》のせい？　突然浮かんだ考えにホイットニーは反射的に目を上げて彼を見、そして伏せた。冷たい、鉄のようなグレイの瞳に見たものは嫉妬ではなく、完璧《かんぺき》な嫌悪だった。

スローンが嫉妬するはずはない！　そしてもちろん、ホイットニーにしても彼に嫉妬されたいとは思っていない。いずれにせよ、グレダ・コーフィールドを忘れられないでいるスローンがほかのだれかに嫉妬するなど、まさにばかげた想像だ。

堂々めぐりのあと、再び出発点に戻り、スローンのいらだちの原因がごく単純なところにあるらしいとホイットニーは気がついた。母親のために嘘をつかなければならないことは別として、常日ごろ偽りやごまかしを潔しとしないスローンが、トビーに関して彼女が嘘をついていると思いこみ、それで腹を立てているのだ。

「スローン」再び目を上げたちょうどそのとき、だれかにエスコートされてレストランに入ってきた女性の無遠慮な笑い声が注意を引いた。

あとになって考えてみても、そのときスローンに何と言おうとしていたのか思い出せなかった。たぶん、トビーとはただの友達だと説明するところだったのだろう。とにかく、トビーのことで嘘はついていないことを彼に納得させたかったのは確かだった。でもそのときレストランに入ってきた女性に気づいて、言おうとしていた言葉は一瞬のうちに消え去った。

恥じ入る必要などまったくないのに頬が熱くなってくる。たった今入ってきたのは、以前ホイットニーが勤めていたホブソン園芸用具の女性で、彼女をエスコートしていたのはほかならぬダーモット・セルビーだった。

スローンが彼女の顔色の変化に気づかないはずはない。彼はホイットニーの視線をたどり、ウェイターに案内されるのを待っている傍若無人なカップルに目を向けた。顔がほてり、混乱して、ホイットニーはまともに考えることすらできなくなっていた。

「ここを……出たいわ」まだデザートが残っていると考える余裕はなかった。

レストランの入口近くからスローンに目を戻し、ホイットニーは何一つ見逃していないグレイのまなざしをじっと見つめた。食事はまだすんでいないと言われたら……しかしその不安はすぐに打ち消された。

「いずれにしても、今夜はこれで十分だ」スローンはさっと立ち上がり、テーブルを回ってきてホイットニーの腕を取った。

ダーモットは声を低めようともせず、連れの女性のほうに半ば体をよじって、「君には高級な場所がよく似合うよ」などと言っている。

私も彼に同じようなことを言われてうきうきしたことがあったっけ……。彼らのほうに近づいていきながら、ホイットニーは苦い胸苦しさを覚えた。裏口があったらそこから出ていけるのに。今の場合、たとえそれが不機嫌なスローンであっても、堂々としたエスコートに支えられているのは何よりもありがたかった。

そのとき、いきなり騒々しいカップルが行く手をふさぎ、スローンの抑えた氷のような声が言った。「失礼、フィアンセと私を通していただきたい」

ダーモットはすぐに道をあけ、そしてその〝フィアンセ〟がだれであるかに気がついた。「ホイットニー!」連れがいることを忘れ、彼らの惨めな別れを忘れ、懐かしいだれかに出会ったみたいに彼は叫んだ。

どう答えたらいいか、何と言えばいいか、考える必要はなかった。スローンがホイットニーを前に押しやり、間に割って入ったので、かなり背の高いダーモットも完全に視界から消えたからだ。

「先に行って車で待っていなさい」スローンはそう言って車の鍵《かぎ》をさし出した。ホイットニーは一瞬息をのんだが、言われたとおりに鍵を受け取った。そうだった、もちろんお金を払わずにレストランを出るわけにはいかない。

スローンが会計をすませるのを車の中で待つ間、ホイットニーはいくらか冷静になってレストランでのできごとを思い返していた。ひどく取り乱し、気のきかない世間知らずのようにふるまったのが恥ずかしい。でもスローンはなぜ〝フィアンセと私〟と言ったのだろう?　あの場合、わざわざ〝フィアンセ〟と強調する必要はなかったと思う。ホイットニーはその晩初めて、彼に対してほのぼのとしたぬくもりを感じた。彼はたぶん、ダーモットの前でホイットニーのプライドを支えようとしたのだろう。

それだけでなく、スローンにはもう一つ感謝しなければならないことがあった。帰りたいと言ったとき、彼はちらとグリーンの瞳をとらえただけで何一つせんさくしようとはせず、すぐさま席を立ってくれた。

スローンがレストランから出てくるころ、ホイットニーは不愉快だった今夜のすべてを水に流す気持になっていた。彼が車に戻ってきたら笑顔でさっきのお礼を言おう。

ところが戻ってきたスローンは笑顔もお礼も受けつける雰囲気ではなく、むっつりと押し黙ったまま車に乗るとエンジンをかけ、ギアを入れた。その苦々しい表情はどんな言葉より明白に、状況が少しも変わっていないことを物語っていた。彼はレストランを出ることについて反対はしなかった。でもその譲歩は和解を意味するものではなかったらしい。

プライドが頭をもたげ、ホイットニーは微笑とお礼を棚上げにした。話したくないならいつまででもふくれていればいいんだわ。無言のドライヴは家に着くまで続き、その間、彼に対する感謝の気持は完全に消えていた。

こんな状況では、スローンがフラットの玄関まで送ってこなかったとしても驚くには当たらないだろう。厄介払いをするが早いか彼がアクセルを踏みこむだろうと予想して、ホイットニーは車がとまるのを待ちかねて自分でドアを開け、舗道に降り立った。

しかし予想は裏切られた。スローンは運転席のドアを開けて車を降り、フラットへの石段を上がってホイットニーの手から鍵を受け取ると、いつものようにドアを開け、明かりをつけた。

「おやすみ……」冷ややかに顎を上げ、形式的な挨拶《あいさつ》をしようとしたホイットニーは、断固としたグレイのまなざしに圧倒された。

「まだ早いな。それに、そろそろ婚約者の住まいを見ておいたほうがいいかもしれない」

スローンは有無を言わせぬ口調で別れの挨拶を黙殺し、〝もう遅いから〟とか、〝またいつか〟という言い逃れを口にする暇を与えずに続けた。「ヒースランズまで結構あるし、レストランではデザートもすんでいなかったから、帰る前にひと休みしてコーヒーでもいただこうか」

スローンのためにコーヒーをいれて、ただでさえ長かった夜をこれ以上引き延ばしたいとは思わない。今はただ、今夜のすべてのできごとを忘れてベッドにもぐりこみ、枕の下に頭をうずめたかった。でもスローンはこれからかなりの道のりを運転しなければならないのだし、その前に一服してコーヒーを飲みたいのであれば断るわけにもいかない。レストランでコーヒーを飲めなかったのは彼のせいではないのだから……。

「どうぞ上がって」彼を意識しすぎて階段を上がる一歩一歩がしゃちほこばってしまう。部屋のドアを開けても、「どうぞ」というひと言しか出てこないのはなぜだろう。デートは初めてじゃないし、いつもなら特に頭を絞らなくても自然におしゃべりができるのに、どうも今夜は勝手が違う。「どうぞおかけになって」行きがかり上ホステス役に回った今、できるだけ感じよく椅子を勧める。「ブラック？　それともクリームを入れましょうか？」

砂糖なしであることはきくまでもなく知っている。

スローンはすぐには座ろうとせず、こざっぱりした居間にかかっている水彩画を興味深げに見つめていた。

「ブラック」ホイットニーがお金をためてようやく手に入れたお気に入りの額から目を離し、スローンは言った。

ホイットニーは何となく落ち着かず、大急ぎでキッチンに飛びこんだ。スローンがふだんよりぴりぴりしているように感じられるのは気のせいかしら？　そう、たぶん考えすぎ。ホイットニーは自問自答しながら手際よく二杯分のコーヒーをいれた。今まで二人きりでいてもぎこちなさなど感じたこともないのに、急にそわそわどぎまぎするなんてばかみたい。

コーヒーをのせたお盆を持って居間に戻ると、スローンはまだ立ったまま部屋の中を見回していた。お盆を受け取ろうと近づいてくるスローンの背の高さがひどく威圧的に感じられる。

ホイットニーは小テーブルをせかせかと引き出して二つのソファの真ん中に置いた。

「そのお盆、よかったらここにのせて」

スローンは言われたとおりにお盆を置くと、彼女が先に座るのを待って向かい側のソファに腰を下ろした。そのときになってようやくホイットニーはひと息ついたが、それもつかの間、レストランで何もきかれなかったのは彼の一時的な配慮にすぎなかったことを思い知らされることになった。スローンは何ごとであれ知らずにすませるタイプではなかった！

「あれはいったいどういうことなのか、説明してもらえるんだろうね？」コーヒーを受け取るやいなや彼は切り出した。

「あれって？」とぼけてもむだなことは、冷酷な彼の表情をひと目見ただけですぐにわかる。

「ぼくたちの間に何もないとしても、少なくともお互いに正直でありたいものだ」入院中の母親を思いやる便宜上の嘘は別として、それ以外ではスローンは確かに率直だった。

「レストランにいたあの大ぼら吹きは今にも君に襲いかかるところだった」

大ぼら吹き？　たとえそれが事実であっても、スローンに言われると腹が立つ。

「まさか、あんな男には会ったこともないと言うつもりじゃないだろうね？」スローンは口を閉ざしたままのホイットニーにいらだちをつのらせている。おそらく、命令には即座に従う人々に慣れているのだろう。「次はこう言うのかい――急にレストランの内装が気に入らなくなったので帰りたくなったと？」

その一瞬、ホイットニーはスローン・イリングウォースという名の、ずうたいの大きい野蛮人を憎悪した。「そうじゃないことくらいわかっているでしょう！　私はただ……あのとき……」その声はしだいに弱く、小さくなっていく。しかし、スローンは個人の感情の領域にまで踏みこむ権利があるかのように答えを待っている。「ダーモット・セルビーとのことはあなたも知っているはずよ。彼のことは前に話したわ」

「あの男が君を苦しめた男か」スローンはその話を忘れてはいなかった。「なぜ慌ててレストランを出る必要があった？　冷静に話すことだってできたはずだ」そして返事も待たずに結論づけた。「そうか、また傷つくのが怖かったんだね？」突然表情は険悪に、その声は攻撃的になる。「つまり、今でもあの男を愛しているということか？」

ダーモットの姿を見たとたんなぜレストランを出なければならないと思ったのか、ホイットニー自身にもわかっていなかった。それに、ダーモットを愛していたとスローンに話したかどうか。もし話したとしても、いつそこまで打ち明けたのか、覚えがない。そのことについて考えてみると、〝今でもあの男を愛している〟かどうかさえ定かではなかった。でも絶対に確かなことが一つだけある。それは、これ以上スローン・イリングウォースのお節介を我慢する気はない、ということだ。

ホイットニーはこの際、レストランを出たときの感謝の気持は忘れ、終始不機嫌だったいやな男のことだけを思い出すことにした。フィアンセの身代わりであろうがなかろうが、ここまでプライバシーを侵害される筋合いはない。

ホイットニーは椅子から立ち、凍りつくような声でうながした。「コーヒーをお飲みになったら……」

ゆっくりと立ち上がるスローンの瞳に、例の、あまり歓迎できない光がきらめいた。ホイットニーも頑張って一歩も引かない。間近に迫る長身に圧倒されておじ気づいていると思われるのはしゃくだった。

「今夜はありがとう」ホイットニーは儀礼的にそう言ってから、その先をどう続けたものか考え込んでしまった。〝楽しかったわ〟などとは口が裂けても言えっこない。代わりにありきたりな「運転に気をつけて」という言葉を口にしたが、そのとたんスローンの顔に浮かんだ険しい表情に息をのんだ。

不穏にかげるまなざしを見れば、彼が儀礼的なお礼に感動してもいなければ、ありきたりなせりふを喜んでもいないことがはっきりわかる。そしてもしホイットニーの想像が当たっていたら、スローンは今このとき、世界で最も憎むべき人間と向かい合っていた。しかし、退却を警告するグレイの危険な視線を受け止めて、ホイットニーはそれでも頑固にその場に踏みとどまっていた。

「君は今夜、最初からこうなることを望んでいた……」スローンはいきなり、万力のような力でホイットニーの腕をつかみ、吐く息の間からささやいた。「そうだね？」彼は言い、何が何だかわからずに立っているホイットニーに顔を近づけてくると、優しさのないキスをした。

不意を突かれて一瞬身じろぎもせずに立ちつくしたが、次の瞬間狂暴な怒りがこみ上げてきて、ホイットニーは力まかせに厚い胸板を押しやった。

「ばかなこと言わないで……」いっとき自由になった唇は、すぐにそれ以上の言葉を封じられた。スローンは栗《くり》色の髪をがっちりとつかみ、もう一方の腕を華奢《きやしや》な体にからませて、新たなキスで唇をふさいだ。

ホイットニーは何とか逃れようと必死になって、相手の向こうずねを蹴飛《けと》ばそうと足をばたつかせたが、かえってバランスを崩して、いっそうしっかりと彼に支えられる結果になった。

たたいたり、押しのけたり、手当たりしだいに腕を振り回そうとしたけれど、手首をぎゅっとつかまれているのでどうしようもない。

キスは果てしなく続き、どうしたら自由になれるかと思いめぐらしているうちに、ホイットニーは自分がめちゃくちゃに混乱していることに気づき始めた。とにかく逃げることだけを考えていたはずなのに、キスがやわらいでくると、彼から自由になりたいという気持は薄れてしまった。それどころか、温かい腕に抱かれていることがこのうえなく幸せに感じられた。

唇と唇が離れても、ホイットニーはスローンの腕の中でじっとしていた。もしさっき口がきけたら考えつく限りの悪態をついていただろう。でもかすかなぬくもりをたたえたグレイの瞳を見上げる今、ため息ともつかぬ「スローン……」というささやきが口からこぼれただけだった。

そのひと言、彼の名を呼んだほんのひと言にどんなメッセージがこめられていたか、つぶやいた本人にはわかっていなかったかもしれない。しかしスローンは間違いなくそのメッセージを受け止め、わずかに開いた唇の端から首すじへと優しいキスを滑らせていった。

「ああ、スローン……」ホイットニーは思わずうめき、その一瞬、永遠にこの温かい胸に抱かれていたいと願わずにはいられなかった。

彼の名をささやいた唇は再び熱いキスにふさがれ、ホイットニーはいっそうぴったりと彼に寄り添って、二人の体は猛火に包まれ、燃え上がり、一つにとけ合うかのように思われた。スローンも喉の奥で小さくうめき、たくましい腕にさらに力をこめてホイットニーを抱きしめた。

「スローン、スローン……」溺《おぼ》れる者のように名を呼び、今度はもっと大胆なキスに応じながら、ホイットニーは彼の欲望の深さを知り、彼女自身の欲望の深さを相手に伝えた。

欲望——それは否定できない確かな存在としてそこにあった。ホイットニーは彼を求め、彼に愛されることを願い、そして今にも口に出して懇願するところだった。でも何かが、何かの物音が、その衝動に水をさした。二度目にその音がして初めて、ホイットニーは理解した。あれはノック。エリカが例の調子でドアをたたいている。

その音はスローンにも聞こえたらしく、彼はしぶしぶ抱擁をといた。ホイットニーの胸は特急列車のように全速力で打っていて、いったい何がきっかけでキスと抱擁が始まったのか、思い出すことさえできずにいた。

「ぼくに言わせれば、スイートハート」嵐《あらし》のような情熱などなかったように、スローンは冷ややかに言った。「今のように燃えることができるなら、君はダーモット・セルビーという大ぼら吹きに恋などしていない、絶対だ」

その豹変《ひょうへん》ぶりに肝をつぶして、ホイットニーはただしびれたように立ちつくし、フラットのドアを開けに行くスローンの後ろ姿を見守っていた。

「あら、ごめんなさい、お客さまがいらしてるとは思わなかったので……」エリカが言うのが聞こえるが、それでもまだホイットニーは動けない。

「ちょうど今帰るところです」その晩初めてスローンは感じよく応じ、ホイットニーは急いで自分を取り戻すとドアのところに行った。

「どうぞ、中に入って、エリカ」階段を下りていくスローンの背中にぶつけるようにわざと陽気に言い、ホイットニーは帽子のことはいっときも忘れていなかったふりをするのに懸命だった。

その夜ようやくベッドに横たわったとき、ホイットニーはまだ心の中でぶつぶつ言っていた。〝君はダーモット・セルビーという大ぼら吹きに恋などしていない〟ですって？　よけいなお世話よ。スローンにそんなことを言われるまでもない。さっき彼の温かい腕に抱かれているのがこのうえなく幸せだと感じた瞬間から、恋する唯一の男性はスローン・イリングウォースだと気づいたのだから、もちろんダーモット・セルビーに恋しているはずはない。

7

日曜日の朝、ホイットニーは目を開け、そして急いでまた閉じた。だが、目覚めとともにざわめき立った驚くべき感情は、朝の光ほどにたやすくシャットアウトすることはできなかった。再び目を開き、今度はしっかりと、スローン・イリングウォースに恋しているという事実を見すえた。

ベッドを出た彼女は、ダーモット・セルビーに感じた恋愛感情と、スローンに恋しているというこの破壊的なまでの情熱との違いを対比させながら朝の支度にとりかかった。

ダーモットとの場合、自制心を忘れることはなかったけれど、相手がスローンとなると話は別だった。昨日の晩はスローンの腕の中で自制心を失い、理性だの分別だのを思い出したいとも思わなかった。

ホイットニーはコーヒーをいれ、ぼんやりと空《くう》を見つめた。身を焦がすようなあの欲望には、多少の自制心など何の役にも立たなかったに違いない。今までどんな場合でも〝われを忘れる〟ということはなかったのに、昨日はスローンの導くところにはどこへでもついていく気になっていた。

今になって考えてみると、なぜあれほど好きだったダーモットと最後の一線を越えなかったのかよくわかる。ダーモットへの思いは本当の恋愛ではなかったのだ。

昨夜はエリカのタイミングのいいノックに救われたようなもの。スローンがどれほどかき立てられていたか、もちろんホイットニーは気づいていた。もしあのときエリカが〝熊《くま》さんのピクニック〟のリズムでドアをたたかなかったらどんなことになっていたか、保証の限りではない。

それほど簡単に陥落はしなかったと思いたいところだが、正直言って、スローンに求められていたら抵抗できなかったに違いない。

でも、あれからすぐ、〝おやすみ〟のひと言もなく出ていったスローンの態度を思い出し、ホイットニーは眉をひそめた。〝今のように燃えることができるなら、君はダーモット・セルビーという大ぼら吹きに恋などしていない、絶対だ〟と彼は言った。

その朝四杯目のコーヒーを飲みながら、ホイットニーはついに、あまり嬉《うれ》しくない結論を受け入れた。スローンがキスをしたのは純粋な情熱からではなく、ホイットニーがダーモット・セルビーを愛していないことを証明するためだったのだ。だとしたら、彼女が本当に愛しているのはだれなのか、スローンに知られてはならない。

月曜日、オフィスでは快活な様子を装ってはいたが、頭はスローンのことでいっぱいで、一時五分前にトビーが入口から顔をのぞかせるまで、彼との昼食の約束をころりと忘れていたとしても不思議ではなかった。

「ぼくとの約束、忘れていたね？」ちょっと驚いたように顔を上げたホイットニーを、トビーはからかうように非難した。

「まさか、忘れるはずないでしょう？」ホイットニーはきっぱりと否定したが、かすかな後ろめたさに顔が染まる。「あの……ちょっと待っててね、これを終わらせてしまいたいの」そう言ってパソコンに挟まっている書類を指さした。「何分もかからないから。そしたら約束どおりすぐにお昼をごちそうするわ」

食事の間ずっと、トビーはいつもと同じように上機嫌だった。例によってサービス精神旺盛《おうせい》で、相手を退屈させまいと気を遣い、彼の誘いに対してホイットニーが今週はずっと忙しくて会えそうもないと言ったときでさえ、笑顔を絶やさなかった。

「土曜日もだめ？」それでもトビーはそうきいた。

土曜日は特に……先週の土曜日、トビーと約束があると言ったときのスローンのけんまくを思い出し、ホイットニーは顔を曇らせた。「ええ、トビー、残念だけれど」

しかし、その晩も火曜日も水曜日も電話のベルは一度も鳴らず、ホイットニーは、もしかしたらこのまま永久にスローンから連絡がないかもしれないと思い始めた。

こんなことならトビーと出かける約束をすればよかった。木曜の夜、ベッドに入る前に温かい飲み物でも飲もうとお湯を沸かしながら、惨めな気持で考えていた。今夜もずっと電話は静まり返っていた。

スローンが電話をかけてこないのは、先週の土曜の晩、彼のキスにあんなにも激しく応《こた》えたせいかもしれないと思い当たったとき、ホイットニーのプライドは打ち砕かれた。スローンは感情的なかかわりを望んではいない。これはあくまでも入院中の母親のためのお芝居にすぎないのだから。彼はたぶん、危険な婚約ごっこの代わりに、母親の気持を明るくするほかの案を考えついたのだろう。

お湯が沸騰するころ、ホイットニーはプライドのいくらかを取り戻していた。いずれにせよ、今度もしスローンから電話があったら――その可能性は薄いとしても――ミセス・イリングウォースには申しわけないが、これ以上婚約者のふりはできない、とはっきり言おうと心に決めた。あくまでもそれはスローンから電話があった場合の話にすぎないけれど……。

少ししてエリカのノックがあったとき、ホイットニーはいつになく人恋しい気分でドアを開けた。

「帽子をありがとう」エリカは部屋に入るなりおしゃべりを始めた。「そしてこれは洗礼式のお祝いのケーキ。私、腹ぺこなの。ちょうどよかったわ、ココアをいれるところだったんでしょう？　二人分お願いね」

その日はあまり食べていなかったので、ケーキのおすそ分けはありがたかった。エリカはケーキとココアを交互に口に運びながら、甥《おい》の洗礼式についてこまごまと説明し、借りていった帽子が大いに受けた話をした。

その話がすむと、エリカはすぐさま次の話題を持ち出した。「気になっていたんだけど、あれから何だかやたら忙しくて、なかなか会いに来られなかったの。ねえ、この前の土曜日、私、あなたたちの邪魔をしちゃったんじゃない？　せっかくの夜をだいなしにしたかと思うと申しわけなくて……」

「スローンが言ったように、あなたが来たとき、彼ちょうど帰るところだったのよ」ホイットニーは急いでエリカをさえぎった。

「あの人がスローン・イリングウォース？」エリカは目を丸くした。「あの晩、彼のことをききたかったんだけど、ドアを開けてからのあなた、あまりおしゃべりをしたい気分じゃなさそうだったし……それで私、お邪魔虫だったんじゃないかなって、心配しちゃった」

「ばかねえ」ホイットニーは優しく笑った。「あの晩、もし私がそんなふうに見えたとしたら……」エリカを安心させるためだけに、スローンと出かけたレストランで偶然ダーモット・セルビーと出くわし、それでいくらかまいっていたのだと説明した。

「まあ、そうだったの」エリカはすぐに同情する。「苦しみは時間が解決してくれるわ、それは確かよ」

今はダーモットのことで苦しむというより、彼に対して怒りに近い感情を持っていたけれど、ホイットニーは黙っていた。あの晩、もしいつもと違う様子だったとしたら、それは初めてスローンへの愛に気づいたからだ。でもエリカとそのことについて話し合うつもりはない。スローンへの愛は秘密にしておきたかった。

スローンを中心にした無数の思いが頭の中を駆けめぐり、その夜、ホイットニーはなかなか寝つけなかった。スローンと行ったレストランでダーモット・セルビーに会って……なぜあんなに取り乱してしまったのかしら？

その答えを出すのに長くはかからなかった。あのときすでに心はスローンに傾いていた。それと気づかずに愛している男性と出かけ、愛していると思いこんでいただれかと出会った。それですっかり混乱し、パニックに陥ってしまったに違いない。ダーモットは故意に嘘《うそ》をつき、妻と子がいることを隠し続けた。そんな男と交際したことを不快に思ったとしても何の不思議があるだろう？　心のどこかでダーモットへの思いが本当の愛ではないと感じていなかったら、彼と深い関係になっていたかもしれないのだ。胸苦しさを覚え、すぐさまあの場を離れたいという思いにかられてもおかしくはない。

なぜか、スローンは故意に女性をあざむくタイプではないという確信がある。でも、彼がどんなタイプであれ、二度と会うことはないかもしれない。もう彼のことは忘れよう……ホイットニーはそう考えながらようやく眠りに包まれていった。

〝言うは易し、行うは難し〟とことわざにあるとおり、金曜日いっぱい、ホイットニーはスローンを頭から追い出すのに必死だった。そしてその夜も電話は鳴らなかったけれど、スローンへの思いはベッドの中にまでついて回った。

土曜日の午前十時を過ぎたころ、キッチンの床をふいていると、その週ずっと沈黙していた電話がいきなりけたたましく鳴りだした。大急ぎで出るのもしゃくなので、手をすすぎ、タオルを使いながら居間に戻り、鳴り続ける電話をしばらくの間見つめてから受話器を取り上げた。

〝もしもし〟と言いたくても、急に喉がからからになって声が出ない。電話をかけてきた相手の喉にも何か障害があるのかしらと思い始めたとき、スローンの深い声が耳もとに響いた。「留守なのかと思った」

ホイットニーは受話器をきつく握りしめ、口をきく前にごくんとつばをのみこんだ。

「キッチンの床をふいていたの」そう言ってからホイットニーは絶望的に天井に目をむいた。〝キッチンの床掃除〟ですって？　もう少し気のきいたせりふを思いつかないものかしら？「あの、実は、出かけるところだったの……」やれやれ、愛するだれかが電話の向こうにいると思うだけで舌がもつれ、頭がまともに働かなくなってしまうらしい。

「そう？　一日じゅう？　それとも、今夜はあいている？」

心臓がどきんと大きく揺れ動く。「ちょっと買い物に出るだけで、すぐ戻るわ」

「今夜ヒースランズに来られる？」

ヒースランズ！　彼は土曜の晩をヒースランズで過ごそうと言っている！　きっとミセス・イリングウォースが退院してヒースランズに戻っているのだ。そのときホイットニーの頭からは、スローンから電話があったら言おうと思っていた〝これ以上婚約者のふりはできない〟というせりふは跡形もなく消え去っていた。それどころか、「ええ、でもどうやってそちらに行ったらいいかしら？」と言うとき、ホイットニーはミセス・イリングウォースのことすら考えていなかった。

「もちろん車で迎えに行くよ。六時はどうかな？」

受話器を置いてから冷静になるまでにいくらか時間がかかった。それでも雑用をすませ、買い物に行く間、ホイットニーの心は舞い上がっていた。

今になれば、スローンがなぜ電話をかけてこなかったのか理解できる。ミセス・イリングウォースが退院することになり、その手続きや何やかやで忙しかったのだ。いずれにせよ、彼のキスに積極的に応じたせいで敬遠されたわけではなさそうだ。

スローンが電話をかけてきたとき、ミセス・イリングウォースが近くにいたのだろうとホイットニーは察した。たぶんそれで彼はあまり多くを語らなかったのだ。あのパーティー以来ヒースランズには一度も行っていない。今夜ヒースランズに来られないかときいた彼の言葉には、〝今夜退院した母に会ってほしい〟という言外の意味が含まれていると考えるべきだろう。

スローンにまた会える喜びに、ミセス・イリングウォースの前で〝息子の未来の花嫁〟を演じようとしている事実さえたいして気にならなかった。スローンを愛していることをけどられないように慎重にふるまうつもりではいるけれど、万一何らかの形でばれてしまったとしても、彼の母親のために演技しているだけだと言えばすむことだ。

退院のお祝いにお花を持っていこうかしらという考えがふと頭に浮かんだ。〝未来の義母〟に対してそれくらいのことをしてもおかしくはないだろう。でも、もしミセス・イリングウォースが花を好きでなかったら……もし初対面なのに押しつけがましいと思われたら……。

結局花は持っていかないことにして、ホイットニーは五時半までに支度をすませ、そわそわと時のたつのを待った。六時十五分前、いくらか落ち着きを取り戻した気がするが、それから五分後にドアのベルが鳴ったとたん、圧縮されていたゴムのようにぴょんと椅子から飛び上がった。

窓から外をのぞくと、スローンの車が舗道沿いにとまっているのが見える。最後にもう一度服装を点検してから、茶色のショルダーバッグをつかんでフラットを出た。

階下のドアを開けてスローンを見上げた瞬間、頬が熱くなるのがわかる。彼に会えた喜びを包み隠して何かスマートなせりふを思いつこうとするけれど、「道はこんでいた?」と言うのが精いっぱいだ。

「いつもの土曜と変わらない」スローンは答え、彼女の白と淡黄色のアンサンブルに目をさまよわせた。「支度はいい?」ホイットニーがうなずくのを見て、彼は石段を下り、車のとめてあるほうにエスコートしていった。

エンジンが回転し、車はヒースランズに向かって走りだす。ドライヴ中スローンは口数が少なく、ホイットニーも不注意な言葉で心の内をさらけ出すのが怖くてほとんど口をきかなかった。ミセス・イリングウォースがヒースランズで待っているのなら、スローンの頭にはさまざまな考えごとがつまっているだろう。今はただ、愛する人のそばにいるという純粋な喜びに身をゆだねよう。

それでも、ヒースランズで車がとまると、ホイットニーは不安にかられた。今までの何週間かでスローンのことをもっとよく知っておくべきだったのに、考えてみると、彼の個人的な部分はほとんど何一つ知らないまま過ごしてしまった。

玄関の鍵《かぎ》をあけて中に入ると、屋敷の中はしんと静まり返っていた。「客間はどこか、わかるね?」

母親が近くにいることを意識してそうきいたのかしら、とホイットニーは思った。それとも、前に一度ここに来たことを思い出させようというのかしら? さんざんな結果に終わったあのパーティー。スローンは、今こそあの晩の償いをすべきときだとほのめかしているのかもしれない。

「ええ、もちろん」彼が何をほのめかしているにせよ、ホイットニーは反発しなかった。彼がしていることには正当な理由があり、ホイットニーは彼に恋していた。

ミセス・イリングウォースが待っているだろうといくらか緊張して客間に入ったが、そこにはだれもいなかった。

「あなたの……お母さまは?」ホイットニーは振り返ってスローンに問いかけた。

「母は……」スローンはわずかにためらったように見えた。でもそれは質問の意味がよくわからなかったためらしく、「順調だ」と答えると、すぐに何か飲まないかときいた。

「いいえ、今はまだ」ホイットニーは断り、スローンが勧めたふかふかのソファに沈みこんだ。

「三十分ほどで食事にしよう。でもその前にオーヴンに火をつけるようにとミセス・オルトンに言われているんだ」スローンはすぐに戻ると言いおいてキッチンに消えた。

おそらくミセス・オルトンは看護師役も兼務しているのだろう。ミセス・イリングウォースがベッドで食事をとるにせよ、短時間階下に下りてくるにせよ、手を洗ったり身じまいをしたりする手伝いが必要なはずだ。

「オーヴンのスイッチ、わかった?」戻ってきて近くのソファに座ったスローンを、ホイットニーはからかった。

「もちろんさ」スローンはうなずき、何かまぶしいものでも見るような、楽しげな笑みを見せた。

すてきな笑顔。ホイットニーはうわ向きにカーブした唇に目を当て、その唇に触れられたときのことを思い出して胸をときめかせた。

「お花を持ってこようかと思ったのだけれど」スローンへの愛に戸惑い、頭に浮かんだ最初の言葉を口にした。

ほんの何秒か、スローンは何のことかわからないみたいにじっと彼女を見つめていたが、それから急に微笑を大きな笑みに広げていった。「そんなに気を遣う必要はない」彼は静かなグレイのまなざしでからかうように言った。「食事の用意はミセス・オルトンがしてくれた。ぼくはただオーヴンのスイッチを入れるだけでいいんだ」

くったくのない笑いは笑いを誘う。「あなたのためじゃないわ」ホイットニーは陽気に彼の思いこみをたしなめた。「あなたのお母さまにお花を持ってこようかと……」笑いは消え、スローンの表情の何かが、話の方向が間違っているらしいことを告げた。

「母がここにいると思っていた？」彼が真顔になってきていた。

ホイットニーはうなずく。「お母さまが退院なさって、それでヒースランズによばれたのだと思ったわ。ミセス・オルトンが二階でお母さまのお世話をしている間、あなたが代わりにオーヴンのスイッチを入れるように頼まれたのではなかったの？」

「今のところ、ミセス・オルトンは母じゃなく、彼女の娘のお世話をしているはずだ。隣村に住む娘のところに行って孫の相手をして楽しんでいるだろう」

ホイットニーはすべての点で勝手な思いこみをしていたことに気づいた。「つまり、ミセス・オルトンは出かける前にお料理をして……」

「そう、ぼくたちのために用意万端整えていってくれた。ぼくは言われたとおりの温度で三十分かそこらオーヴンをセットするだけ」

〝ぼくたちのために〟というところはなかなかすてきに響いたけれど、ミセス・オルトンが〝三十分かそこら〟などとあいまいな言いかたをしたとは思えなかった。

「私がキッチンに行ったほうがよさそうね？」

再びスローンの顔に笑みが浮かび、ホイットニーは胸が痛いほど彼を愛していることを思い知らされた。

「君がそう言ってくれるのを待っていたんだ」

これほど魅惑的なほほえみを見せられては断るわけにいかない。見覚えのある広々としたキッチンに入ったが、彼に夢中なあまり頭がくらくらして、オーヴンの中でいい感じに温められているキャセロールに注意を集中するのさえ難しい。

ホイットニーは目の高さに作りつけられたオーヴンをのぞきこみながら、ミセス・イリングウォースがまだ入院中であるなら、なぜ今夜ここによばれたのだろうと考えていた。いったん決まった退院が何かの事情で取り消されたのだろうか？　でもスローンに誘われたのはほんの今朝のこと。予定の変更があったとしたら、それまでにわかっていたはずだ。意味もなく招かれるはずはないのだから、ミセス・イリングウォースの事情とにらみ合わせての招待に違いない。もしかしたら、母親の退院を間近に控え、最近二人きりでヒースランズで食事をしたという話題を作っておきたいのかもしれない。

「とてもいい匂《にお》い」オーヴンから目を離してホイットニーは言った。優しいまなざしに出合うと、ヒースランズに招かれた理由などどうでもいいという気持になってしまう。心奪われた人と一緒にいるだけで幸せだし、いつかギャラリーで絵を見ているとき、〝どちらかというとぼくは君のほうが気に入っている〟と言われたことを思い出せば、あながち片思いではないのかもしれないという期待が頭をかすめる。

あれこれ考えるのはやめて二人だけの夜を楽しもう、とホイットニーは心に決めた。いくら考えても、結局は見当違いな結論を出すだけなのだから。冷製オードヴルからキャセロールに移るとき、ホイットニーは生まれて初めて知る愛の喜びに酔いしれていた。

食事の間じゅう、スローンは熱心にホイットニーの話に耳を傾け、ときたまおもしろい話をして彼女を笑わせた。

デザートの温かいアップルパイから顔を上げ、ホイットニーはじっとこちらを見つめているグレイのまなざしを受け止めた。そのまなざしはグリーンの瞳をとらえ、唇に落ち、それから再び瞳に上がり……そして彼の口もとに優しいほほえみがゆっくりと広がっていく。

心臓が宙返りをし、ホイットニーは慌ててパイのお皿に目を落として、長いまつげの間から、再びデザートにとりかかるスローンを盗み見た。

「お代わりは？」スプーンを置いたホイットニーにスローンがきく。

「もうたくさん、ありがとう」

「じゃ、客間でコーヒーを飲もう」スローンは言い、手伝わせてほしいと言うホイットニーを客間に追い払った。「さあ、行って。今夜は何もしなくていい。オーヴンの見張りはしてもらったけどね」

十分ほどして、スローンはコーヒーをのせたお盆を客間に運んできた。

「一滴もこぼさなかった」と胸を張り、ホイットニーはそんな彼をいっそういとおしく思った。

コーヒーをテーブルに置くとスローンは音楽をかけ、楽しい夕べは魅惑に満ちた夜へと変化していった。美しいメロディーを背景に心地よい沈黙が流れ、二人は間近に座って香り高いコーヒーを味わった。さっきはスローンのおもしろい話に涙を流して笑いころげたけれど、今はしっとりとした静けさの中で、すべてがあまりにも美しすぎて泣きたいくらいだった。

でも、このひとときが永遠に続くようにとどんなに祈っても、時が歩みを止めるはずもなく、ふと時計を見ると、針はすでに十時半をさしている。スローンはフラットまで彼女を送り、それからまたここまで帰ってこなければならないのだ。

「そろそろ帰らなくちゃ」ホイットニーはつぶやいた。「でもキッチンをあのままにはしておけないわ」

スローンはあと片づけのことなどまったく頭にないようだったが、ちょっと考えてから譲歩した。「オーケー。じゃ、一緒に片づけてしまおう」彼の目は笑っている。「明日ミセス・オルトンが帰ってきてがっかりするだろうが」

「ええ、きっとそうね」ホイットニーは笑い、コーヒーカップをのせたお盆をキッチンに運んだ。スローンは使った食器を集めにダイニングルームに向かう。

今度も使い慣れない皿洗い機を使いたくなかったので、ホイットニーは流しに洗剤をとかしたお湯を張った。今まで皿洗いを刺激的と思ったことはなかったけれど、今夜ばかりは次々と食器をすすぐのが楽しくてしかたがない。

すべては隣でお皿をふいているスローンのせい……ホイットニーはひそかにほほえみ、最後のお皿をスローンに渡すと、調理台の上の重い鋳鉄のキャセロール鍋《なべ》に手を伸ばした。〝私たちが本当の恋人同士だったら……〟夢見心地で考えているとき、妙に張りつめた、聞き慣れない声がしてはっとした。

「ホイットニー、話したいことが……」スローンが何を言おうとしていたにせよ、それはキャセロール鍋を取り落としそうになったホイットニーの悲鳴にさえぎられてしまった。

スローンがぴりぴりしている？　そんなはずはないわ。洗剤でつるつるした指先から逃げようとするキャセロール鍋をとらえようとしながら、頭のどこかでそう考えていた。スローンが口をつぐんだ次の瞬間、キャセロール鍋は手から滑り落ち、ばちゃんと音をたてて石けん水をはね上げた。

生ぬるい水が白と淡黄色の生地を通ってしみこんでくるのが感じられたが、ホイットニーはそれでも幸せな気分で、タオルを探そうと笑いながら振り返った。

「服がずぶ濡《ぬ》れだ！」スローンは大急ぎでタオルをつかんで、胸にぴったりと張りついた服をふこうとしたが、ふと思い直してタオルをホイットニーに手渡した。「乾かすのにだいぶ時間がかかりそうだ。二階に行ってぼくのシャツを貸そう」

「その必要はないわ」タオルで胸もとをたたきながらホイットニーは首を振る。確かに乾かすには時間がかかるだろうけれど、だぶだぶのシャツを着たピエロみたいな格好をスローンに見られたくはない。

「君は何を着てもすてきだ」スローンはホイットニーの心の動きを察したようにそう言った。「恥ずかしがることはないさ。さあ、二階に行こう」

「ええ」小さくつぶやき、さし出された大きな手に自分の手を重ねた。

二階のベッドルームの前で手を放し、スローンはドアを開けて中に入ると、まっすぐにクローゼットのほうに向かった。ホイットニーは引き出しからシャツを出す彼を見守っていたが、ともすると視線は巨大なダブルベッドに引き寄せられそうになった。

あのパーティーの晩、もしこの部屋に入らなかったら、スローン・イリングウォースと会うこともなかっただろう。

「そんなところに立っていないで」入口でためらっているホイットニーに、スローンは優しく声をかけた。「こっちに来て着替えなさい。ぼくは外に……」

「すべてはここから始まったのね」すでに歩き始めていたホイットニーはひとり言のように言い、ふと自分の言ったことに気づいて顔を赤らめた。こんなことを言ったら彼につらい失恋のことを思い出させてしまう。彼が愛した、いや、今でも愛しているに違いないグレダ・コーフィールドのことを……。

しかしスローンは部屋の真ん中で立ち止まったホイットニーの前まで来ると、そのグレイの瞳を柔らかく輝かせた。「そう。そしてぼくは、少なくともぼくのほうは、ああなったことを悔やんではいない」

それは、グレダとの婚約が破れたことを残念には思っていない、ということ？　彼はもはやグレダを愛してはいない、ということ？　その言葉の意味を理解するまでに何秒かが過ぎた。

「ああ、スローン」ホイットニーは胸をつまらせてささやいた。

「ホイットニー」そうなることが運命づけられているかのように、何一つその運命を変えることができないかのように、スローンは手にしていたシャツをベッドの足もとに置き、次の瞬間ホイットニーを抱き寄せていた。

限りなく優しい、畏敬《いけい》をこめたキス……。何もかも夢のようで、歓喜の涙さえわき上がってくる。〝スローン、スローン、大切なあなた〟両手で彼の頬を挟み、ホイットニーは今にもそう叫びだしそうになった。

だが、唇が離れたとき、ホイットニーがつぶやいたのは彼の名ではなかった。「あなたのシャツまで濡れてしまうわ」

「ぼくが文句を言ったかい？」スローンはそっとからかう。

ホイットニーは首を振り、濡れた服のことも、彼の湿ったシャツのことも忘れて新たなキスを受け入れた。

温かい手がアンサンブルのトップの下に滑りこむのが感じられ、ホイットニーはしっかりとスローンに腕をからませた。彼の手がわき腹から背中へと動き、ブラのホックに触れてためらう。

「いい？」

彼の求めるすべてに応じるつもりで、ホイットニーはうなずいた。そしてホックがはずされ、ふっくらと形のよい胸の丸みが現れた。

「スローン……スローン……」長くしなやかな指に愛撫《あいぶ》され、ホイットニーは喜びとも苦しみともつかぬうめき声をあげた。

「君が欲しい、ホイットニー」スローンが耳もとでささやいた。「君も……君もぼくを求めている、そうだね？」

「ええ、ええ」かすれた声しか出てこない。唇を重ねたまま服を脱がせようとするスローンに、ホイットニーはかろうじてささやいた。「明かりを……消してくださる？」

スローンはすぐに明かりを消し、シャツを脱ぎ捨てて戻ってきた。ホイットニーはおずおずと両手を上げ、広い肩、たくましく盛り上がった胸をそっとなぞった。

「腕を上げて」スローンは言い、ほんの一瞬のうちに濡れたトップはブラと一緒にはぎ取られた。

愛する人の名をささやきかけた唇は、突然制御のないキスを浴びせられ、赤く燃え上がった情熱の炎を消すすべはなくなった。

二人は闇《やみ》に包まれて立ち、スローンはすばやくホイットニーのスカートを脱がせ、床に落とした。

キス、そして愛撫。ベッドのほうに近づきながら、スローンは彼自身の衣服をはぎ取っていった。ホイットニーはめくるめく恋のさなかにいて、無我夢中でありながら、こうしたすべてが正当であると直観していた。

「ホイットニー……」唇を寄せ合ったままスローンがささやき、ベッドカバーをさっと引き下ろす。

いくつものキスが滑らかな首の曲線をたどり、ついに胸のふくらみをとらえた一瞬、ホイットニーは愛の歓喜の中で彼の名を呼んだ。「スローン!」これ以上熱くこみ上げてくる激情を支えきれそうもない。

すべてを奪ってほしいと懇願するまでに高まったとき、スローンは体を重ねた。陶酔の叫びは突然、苦痛の小さなうめきに置き換えられた。説明の必要はなかった。なぜなら、スローンはすぐにその意味を理解したから。

「ホイットニー、君は……」スローンは動きをとめ、グリーンの瞳をじっと見つめた。

「初めてだったんだね」

彼ととけ合いたいと願う気持は痛みよりも強く、ホイットニーは一瞬、スローンがそのまま立ち去るかもしれないという不安に襲われた。

「スローン、行かないで。あなたが欲しいの」ホイットニーは手をさし伸べる。「お願い」

「ああ、ホイットニー、マイ・ラヴ」スローンは感情にかすれた声で言い、うやうやしく、無上の優しさをこめて愛を完成させた。

8

明け方の光がうっすらと空を染めるころ、ホイットニーは目を覚ました。ふだんの日曜日だったらただ寝返りを打ち、そのままうとうとと眠りと目覚めの間をさまよっていただろう。でも今朝は、何かがいつもと違っていた、

目を開けて、すぐ前に厚くたくましい胸を見て、ホイットニーの頰にほんのりと赤みがさした。唇の端に夢見心地のほほえみを浮かべながら視線を上げると、肘で上半身を支えてしばらくの間寝顔を観察していたらしいグレイのまなざしと出合った。

衝撃とか驚きとかは感じない。ただ、二人がなぜ生まれたままの姿で横たわっているかを思い出し、かすかなはじらいを意識しただけだった。

そのはじらいはスローンをおもしろがらせたらしく、彼の瞳と口もとに楽しげなほほえみが浮かんだ。「ハロー、マイ・ラヴ」そうささやかれたとき、ホイットニーは喜びに沸き返る心で、彼に愛されていることを知った。

「ハロー」内気な微笑で応《こた》え、カバーの下の温かい体に引き寄せられて、ホイットニーは

新たな官能のうずきに震えた。

からかうようなキスが唇を押し開く。あらわな肌の触れ合いがこれほど甘美であるとは思わなかった。

「スローン」彼の巧みな手の動きが再び内部に熱い火をつける。

「もう君を見てもいい？」スローンは自然にそうきいた。

昨夜は暗闇《くらやみ》を望んだことをホイットニーは思い出した。そして〝イエス〟とか〝ノー〟とか言う代わりに、完全降伏のキスで彼に答えた。スローンはゆっくりとカバーをはがし、つややかな腹部に、白く輝く胸に、そして唇にキスを置いた。

「何てきれいなんだ」ため息のようにつぶやき、キスを繰り返し、体を添わせる。「スイート・ラヴ、怖がらないで。今度は昨日よりもっとすてきになれる」彼はグリーンの瞳をのぞいて約束した。

その朝、二度目に目覚めたとき、まだかなり早い時刻ではあったけれど、隣にスローンの姿はなかった。

家のどこからか物音が聞こえる。たぶん、今しがた目を覚ましたのも、階下で動き回る彼の足音のせいなのだろう。

それからしばらく、ホイットニーは二人が共有したすばらしいものを思い起こして、幸せな気分で横たわっていた。与え、奪い、満たし、満たされ、これほど自由な関係に発展するとは夢にも思っていなかった。

　ヒースランズで一夜を過ごすことはおろか、いわくつきのこの巨大なベッドで目覚めるなど、いったいだれが想像しただろう？　本来ならことの成り行きにショックを受けるべきかもしれない。でも、全存在でスローンを愛している今、心の中は平静だった。彼に愛されていると感じるだけで孤独は癒《い》え、心は安らぎ、新たな生命すらわき上がってくるような気がする。

　言葉で愛を保証されたわけではない。でもベッドを下りてシャワーを浴びるホイットニーは彼の愛を信じていた。それには明け方のことを思い出すだけでよかった。初めてのときと比べて、驚くほど大胆で刺激的だった。

　今思えば、昨夜の愛は優しく、思いやりに満ち、抑制されていた。スローンは彼自身の欲望よりもホイットニーの気持を優先させた。それはつまり、彼が彼女を愛しているということではないだろうか。

　ついさっきまではぴかぴかだった確信がかすかなかげりを帯び、ホイットニーは急いでシャワーを浴びた。とにかくスローンに会わなければ。そして愛されているということをもう一度はっきりと確かめる必要がある。

　手早く体を拭き、下着とスカートを身につけると、昨日災難にあったアンサンブルのトップを手にして考えこんだ。まだ少し湿っているし、しわにもなっている。そのときベッドの足もとに落ちている男もののシャツに目が行き、ホイットニーは白と淡黄色のトップをベッドに置いて、シャツを拾い上げた。歩きながら長すぎる袖《そで》を折り返し、ベッドルームを出て軽やかに階段を下りる。

階下のホールに立つと客間に人の気配が感じられ、ホイットニーは急に気恥ずかしさを覚えてためらった。しかし開け放たれたドアのほうにゆっくりと近づいていくうちに、スローンに会いたい気持がさらにつのって気後れをしのいだ。ホイットニーは客間に入り、そしてぴたりと足を止めた。そこにいたのはスローンではなく、掃除に余念のない家政婦のミセス・オルトンだった。ホイットニーは今までこういう状況に立たされたことがないので、どうしたらいいかわからない。

「おはよう、ミセス・オルトン」とりあえず明るく挨拶《あいさつ》をしたが、家政婦のびっくりした顔つきを見れば、屋敷内に客がいることを今の今まで知らなかったのは確かだった。

「おはようございます」事情をのみこむのに長くはかからなかったとしても、ミセス・オルトンはそれ以上つけ加えようとはせず、ホイットニーはますますぎこちない立場に追いこまれた。服装がきちんとしているならともかく、スローンのだぶだぶのシャツを着ていてはとぼけても始まらない。

それにしてもスローンはどこにいるのかしら？　早く姿を現してこの窮地から救ってくれてもよさそうなものなのに。彼の愛を確かめに来たのに、これではかえって疑わしくなってしまう。

「私……あの……」ホイットニーは必死でここに泊まった言いわけを思いつこうとする。

「ミセス・イリングウォースがここにおられると思って……」家政婦が何が何だかわからないといったように目を丸くしているのを見て、ホイットニーは慌てて言い添えた。「いえ、いいのよ、ミセス・オルトン、スローンのお母さまが少々……混乱していらっしゃるのは知っていますわ」

「混乱？」ミセス・オルトンはいぶかしげにホイットニーを見つめた。「ミスター・イリングウォースのお母さまのことでしょうか？　でしたら今は再婚なさってミセス・イーストウッドとおっしゃいます。それにしても、ミスター・イリングウォースのお母さまが混乱していると、どなたからお聞きになりました？　昨日ミセス・イーストウッドからだんなさまに電話がありまして、私も少しお話ししましたが、いつもと変わらずお元気でしたし、頭もはっきりしていらっしゃいましたけれど」

「まあ……そう……」今はホイットニーのほうが混乱していた。「でもよかったわ、事故にあわれたミセス・イリング……いえ、ミセス・イーストウッドがそんなに早く回復なさったのなら……」

「ミセス・イーストウッドが事故にあったって、それはいったいどういうことでしょう？」

「昨日の電話は病院からでしょう？」何かおかしいと感じ始めていたが、それでもホイットニーはそうきいた。

「病院？」ミセス・オルトンは狐《きつね》につままれたように繰り返した。「ミセス・イーストウッドはアメリカのご自宅から電話をかけてこられたはずですが」

「アメリカ？」驚きのあまりそれ以上の言葉は出てこない。頭のある部分が機能を停止し、真実を理解することを頑として拒んでいる。

「ミセス・イーストウッドはアメリカのかたと結婚なさったので、あちらにお住まいなんです」それがすべてを説明するかのようにミセス・オルトンは言った。

ようやく頭が機能を開始した。スローンが嘘《うそ》をついていた？　そう、スローンは嘘をついていた。そして心が砕け始める。しかしプライドがその場にくずおれることを許さなかった。かつて、これほどの苦しみを味わったことはない。

ミセス・オルトンが、主《あるじ》の客が話しかけてくる間は掃除を始めるわけにもいかないと思っているのは確かで、ダスターを片手に所在なげに立っている。

ホイットニーは苦しみをこらえ、カウチのそばに置いてある茶のショルダーバッグを見つけると、それを拾うしぐさで動揺を隠した。「ミセス・イーストウッドが事故にあわれたと思ったのは何かの誤解だったのね」

「そうだと思います」ミセス・オルトンはバッグを取るのにひどく手間取っている客に言

った。「ここで働かせていただくようになってから、ミセス・イーストウッドが入院なさったという話は一度も聞いておりませんし」ようやく立ち上がったホイットニーにミセス・オルトンは続ける。「万一ご夫婦のどちらかがけがをなさったとしたら、昨日のお話のように、急に思い立って二カ月のクルーズにお出かけになるなんておっしゃるはずはありません」

「ええ、もちろん」ホイットニーは静かにうなずいたけれど、内心はずたずたに引き裂かれていた。「きっと私の思い違いだわ」何とか如才ない笑みを作ったが、心の底から凶暴な怒りがふつふつとわき上がってくる。「ところでスローンはどこか、ご存じ？」

「今朝は娘婿が釣りに行く途中私をここに降ろしてくれたんですが、そのときガレージが開いて、だんなさまは車でどこかにお出かけになりましたよ」

「そう？　じゃ、何か用事ができたのね」車で出かけた？　それもこんな朝早く、何ごともなかったかのように？　昨日と今朝のできごとは彼にとって単なるお遊びにすぎなかったというわけ？　ほほえみを消さずにいるには驚異的な意志の力が必要だった。一夜の戯れ……何とありふれた、しかし何といまわしい言葉だろう。ここから出ていかなければならない、それも今すぐ！

「またお目にかかれてよかったわ」以前にも会っていることを、家政婦が覚えているかどうかは別として、今朝のことはきれいさっぱり忘れてほしいものだと願いながらホイットニーは部屋を出た。

ホールを抜け、重厚な玄関のドアに近づくうちに、再び感情が波立ってくる。ショルダーバッグのストラップを肩にかけてドアを押そうと手を伸ばしたとたん、自分がまだスローンのシャツを着ていることを思い出した。

突然憤怒が荒れ狂う。これを着るとき、どんなにスローンをいとおしく感じたか……それを思うと怒りはさらに過熱して火花を散らした。

どのように階段を上がり、どのように廊下を歩いたかまったく覚えていないけれど、ホイットニーは震える指先でシャツのボタンをむしり取りながらスローンの部屋に入っていた。いやでも大きなベッドが目に飛びこんでくる。

シャツを脱ぎ捨て、湿っていようがしわしわであろうがおかまいなく、白と淡黄色のトップを頭からかぶった。グリーンの瞳はホットな怒りにきらきらしている。

彼を愛したからこそすべてをゆだねたのに、彼のほうは一夜のゲームを楽しんだつもりでいる！　二つ並んだ枕《まくら》を見つめたとき、ぴんと張っていた怒りの糸がぷつんと切れた。一瞬もためらわずにバッグを開け、口紅を取り出すと、自分が何をしようとしているかはっきりと意識さえせずに枕もとに近づいていく。

何秒かのち、ホイットニーは少し身を引いて自分の作品を評価していた。これでいい。そして、〝絶対にあなたを許さないわ〟という真っ赤ななぐり書きが、スローンの枕カバーから永久に消えないことをひそかに祈った。

その日どうやってフラットに帰り着いたか、確かな記憶はない。最初の一キロほどは歩いたり走ったりし、そのあと大型トラックに乗せてもらったのは覚えているが、運転手がどんな人だったかまったく思い出せないし、その人とどんな話をしたかも覚えていなかった。その日一日、頭の中はスローンのこと、彼の卑劣な裏切りのことでいっぱいだった。

二人が愛を共有していたと思ったのは間違いだった。思いやりに満ちた――少なくともホイットニーはそう感じた――愛が、どんな言葉よりはっきりと愛を証明したと信じたのは愚かだった。すべてが嘘であり、まやかしであった。

月曜日、ホイットニーは自分の愚かしさと折り合いをつけられぬまま、オフィスに出た。今になれば、スローンが一度として入院中の母親を見舞ってほしいと言わなかったのもうなずける。彼の母親は入院などしていなかったのだから！　彼女がイギリスにいさえしないことを、スローンは最初から知っていた。ミセス・イリングウォース、いや、ミセス・イーストウッドはアメリカで申し分なく健康に暮らしている。

「何かご用？」その朝、運悪くオフィスに顔を出したトビーに、ホイットニーはにこりともせずに言った。

「ごめん」何も悪いことをしていないのに、トビーは反射的に謝った。「何か気にさわること言ったかな？」

「いいえ、何も」意気消沈した様子のトビーを見て、ホイットニーは急いで笑みを取り繕った。「謝らなくちゃいけないのは私のほうだわ。で、何のご用かしら?」

「もしよかったら、今夜一緒に出かけないかと思って……」

「ごめんなさい、トビー。今のところそういう気分になれないの。またいつか、ほかのときにしてくださる?」

「ぐあいでも悪いの?」トビーはすぐに心配そうにきいた。

「いいえ、どこも悪くないわ。ただ、片づけなきゃならない用事がいくつかあって」ホイットニーはいらだちをけどられぬように優しく言い、トビーはその答えで満足しなければならなかった。

会社が退《ひ》けてフラットに帰っても頭は堂々めぐりを続けていて、スローンへの苦い思いはベッドに入っても消える気配はなかった。

その夜ずっと、スローンのことが頭から離れず、ホイットニーは何度も寝返りを打って悶々《もんもん》と過ごした。妻子がいることを隠し続けたダーモットと、最初から徹頭徹尾、嘘で固めたスローン。二人の卑劣漢のうちどちらが罪深いかといえば。それはスローンに違いない。

ホイットニーは偽りを憎んでいる。グレダの身代わりを演じる気になったのは、気の毒なスローンの母親が一刻も早く元気になるようにと願う一心からだった。それなのに、ダーモットばかりか、スローンまで彼女の信じやすさを利用した。そう思うと男性全体への不信の念がつのってくる。

〝ぼくたちの間に何もないとしても、少なくともお互いに正直でありたいものだ〟いつかスローンが言った言葉を思い出し、火曜日も一日じゅう、彼への憤懣《ふんまん》は頭から去らなかった。

その日の夕方、オフィスから帰ってフラットのドアに鍵《かぎ》をさしこんだ瞬間、二日と半日の間思い浮かばなかったある解答が頭にひらめいた。スローンがなぜあんなことをしたのか――それは復讐《ふくしゅう》のためだ。彼はホイットニーのせいでグレダ・コーフィールドの愛を失った。それでホイットニーにも恋の味を教え、それを奪うことで、彼と同じ痛みを味わわせようというのだ。あまりありそうもない筋書きではあるけれど、それ以外に彼の行動を説明する動機は思いつかなかった。

だとすると、スローンのやりかたは極めて巧妙だったことになる。初めてのキスで彼を愛し始めていると気づいたのはほんの十日ほど前のこと。あの晩、スローンもそのことに気づいたに違いない。

鍵を回して部屋に入ったホイットニーは、自分がいかにだまされやすいかを思ってたじろいだ。あの夜から一週間、スローンが電話一つかけてよこさなかったのも計画のうちだったのだ。トビーの誘いさえ断って待ち続けた一週間。その後ふと思いついたように電話をかけてきたのは、ホイットニーがどんな誘いにでも喜んで応じると知っていたからなのだ。

ヒースランズでも彼はあくまでも周到で、あからさまにベッドに誘おうとはしなかった。もちろん、キャセロール鍋《なべ》が手から滑り落ちることを彼が予測していたとは思わないけれど、わざわざ家政婦が出かけた晩を選んだことを考え合わせると、いずれにせよそうするつもりでいたのだろう。彼の部屋で〝すべてはここから始まったのね〟とつぶやいたとき、〝そう。そしてぼくは、少なくともぼくのほうは、ああなったことを悔やんではいない〟と彼は言った。それを〝ぼくはもうグレダを愛していない〟と解釈したのはホイットニーだった。

スローンはグレダを愛しているかもしれないし、いないかもしれない。でもホイットニー・ローフォードを愛していないことだけは確かだった。すべてはあの部屋から始まった……そしてあの部屋で彼の優しさは無限に思われた。ところが何から何まで見せかけにすぎなかったのだ。ホイットニーはともすると揺らめきがちな憎しみの炎をかき起こし、スローンが彼自身の欲望よりもパートナーへの思いやりを優先させたという、世にもおめでたい思いこみを徹底的に排除した。

あの夜、ホイットニーをフラットに送る気がスローンにあったかどうかも疑わしい。今となれば彼が最初からああなることをもくろんでいたのは確実に思われる。白い枕カバーに書きなぐった〝絶対にあなたを許さないわ〟という赤い文字が、あのうぬぼれの強い卑劣漢の鼻をへし折らなかったとしても、いつの日か、彼など歯牙《しが》にもかけていないことを示すチャンスが来ることを祈らずにはいられなかった。

その事実を格別嬉《うれ》しいとは思わなかったが、ともかく、運命はホイットニーに味方した。スローンのことがしつこい葉虫のようにぶんぶんと頭の中を飛び回っていたその夜遅く、だれかが部屋をノックした。エリカのノックではないし、外のドアはいつも鍵がかかっているので外来者であるはずもない。とすると、この建物に住んでいるだれかが訪ねてきたのだろう。

「こんばんは、ジョセフ」ホイットニーはドアを開け、一階に住む、わし鼻に眼鏡をかけた五十がらみの教師に挨拶をした。

「やあ、ホイットニー、こんな時間になってしまって申しわけないが、うちの頑固な乾燥機とやり合っていたんでね」彼はほほえみ、大きくて平べったい包みをさし出した。「仕事から戻ったときにこれが速達便で届いたのに、乾燥機のおかげで今になってしまった。特別に急ぐものでないといいんだが」

「ご心配なく、一刻を争うような小包が届くあてはありませんわ」それが速達小包であることもたいして関心は引かなかった。「で、どちらが勝ったんですの？　あなた？　それとも乾燥機？」

「まだ決着はついていないんだ」ジョセフは二、三分よもやま話をし、それから再び乾燥機との戦いに戻っていった。「解体したときより部品の数が減っているのはどういうわけか……」

ホイットニーは小包を部屋に持って入り、くっきりしたプリント文字の宛名《あてな》書きを見つめた。さし出し人の名前はないけれど、ホイットニー・ローフォード宛であることは間違いないので、とにかく開けてみることにする。

はさみで包装紙をはがした三分後、ホイットニーは驚きのあまり茫然《ぼうぜん》とその場に立ちつくしていた。涙がわき上がり、いつかスローンと一緒に見た《歓喜》という題の油絵を見つめながら、目をしばたたかなければならなかった。

床にひらひらと舞い落ちたカードのサインを見るまでもなく、送り主はわかっている。憎しみを忘れ、胸をどきどきさせてカードを拾い上げた。

ペン書きの短いメッセージを読むのに何秒もかからなかったけれど、〝君が喜んでくれると思って、だいぶ前にこれを買いました〟という言葉を理解するにはいくらかかかった。そしてその意味を知ったとき、憎しみが立ち戻ってきた。

まず最初に、あいにく少しも嬉しくはないというメモをつけて絵を送り返そうかという考えが頭に浮かんだけれど、それではまだ生ぬるいという気がしてくる。よくもこんなことを！　スローンはいったい自分を何だと思っているのかしら？

婚約をだいなしにされた腹いせに、母親が事故にあってけがしたなどというありもしない話をでっち上げて復讐をもくろんだ。そして半ば脅迫じみたやりかたで偽りのフィアンセの役を押しつけてきた。その後彼のとった行動のすべては、ホイットニーを恋の奴隷にし、最終的に彼女をベッドに引きずりこむという目的のために計算されたものだった。その目的を達した翌朝、何も言わずに姿を消したのは、それが一夜限りの戯れにすぎないことを強調するためではなかったか？　ところが、そんなスローンでも計算していなかったことが一つだけあった。それはホイットニーが処女《ヴァージン》であったこと。それに気づいたときの彼の驚きはただの見せかけではなかった。

もう一度はさみを握り直して、ホイットニーはネイヴィーとオレンジと赤が躍動するカンヴァスを見つめた。〝だいぶ前に買った〟ですって？　彼がこれを買ったのは早くても昨日のはず。最後につけ加えられたあからさまな嘘は、カンヴァスを端から端まで引き裂くに十分な怒りのエネルギーをもたらした。それでもまだ怒りはあり余っていて、今度は反対方向に引き裂いた。この絵に五百ポンドの値札がついていたのは知っている。でもそれが五千ポンド、いや、五万ポンドであっても同じことをしただろう。スローン・イリングウォースは五百ポンドで自分の計算ミスを埋め合わせようとしている。ヴァージンを失った残念賞が五百ポンド。それで彼の良心は安泰というわけ？　この引き裂かれたカンヴァスを送り返そう。彼の良心とやらに釘《くぎ》を打ち、これをかけておけばいいのだ。

次の日の朝、ホイットニーは会社に遅刻した。時刻どおりにオフィスに出ることより、小包を速達で送り返すほうが急務と思われたのだ。

時は容赦なく過ぎていった。ヒースランズに行った週末から二週間後の夜、ホイットニーはまだスローンを忘れられず、いったいいつになったら彼の思い出から解放されるのだろうと考えていた。胸には慢性的な痛みが巣食っている。あの絵を送り返してからスローンからは何の連絡もなかった。もちろん連絡があることを期待していたわけではないけれど。でももし、万一電話がかかったら、思いきりさげすみをこめて鼻先であしらおうと心に決めた。

電話があったらどう対応するかは決めたものの、いっこうにベルは鳴ろうとはせず、ホイットニーは無意識のうちに、哀願するように電話を見つめている自分に気づいて愕然《がくぜん》とした。

やれやれ、まったくいつになったら正気に戻るのかしら……気持を切り換えようと頭を揺すったとき、階段を下りてくる足音に続いてエリカのノックが聞こえ、少なからずほっとした。

「仕事と勉強にあくせくするの、もううんざり」ドアを開けるや、エリカはにこっと笑って言った。

「私、もっとスローダウンして人生を楽しむべきだと思わない？」

「あなたが人生に何を望むかによるわね」エリカが笑顔の裏で結構深刻なのを感じ取って、ホイットニーは言った。

「ええ、そうね。自分が何を望んでいるかわかってるつもりだったのに……クリスに会ってから……」

「なるほど」ホイットニーはうなずく。

ココアをいれて居間に落ち着くと、エリカはため息をつき、勉強が忙しくてクリスに会えないような晩、ひどく孤独で滅入《めい》ってしまうのだと打ち明けた。

「彼のほうはどう感じているの？　つまり、あなたが忙しくて会えないというようなとき？」

「それがわからないのよ。彼の気持が見えたらどんなにいいかと思うわ。彼はほんとにいい人で、文句のつけようがないくらい。私がああしたい、こうしたいと言うと、決まって〝オーケー〟って答えるし、一緒に出かけるといつも楽しそうにしているの。でも……よくわかんない」エリカはすねたようにつぶやいた。

「あなた、ちょっと頑張りすぎなんじゃない？　しばらくのんびり旅でもして、人生を長い目で見ることも必要よ」

「あなたの言うとおりかもしれないわ」エリカは言い、いくらか明るさを取り戻してほほえんだ。「ところであなたのほうはどう？　今夜はトビーとデートじゃなかったの？」

「彼とは昨日会ったわ」

「あまり刺激的じゃないみたいね？　惰性で会ってるような感じだったら、彼はあなたにふさわしい人とは言えないわ。そうそう……」エリカはいきなり話題を変えた。「今日の新聞、見た？　あなたが二、三回デートしていたあのハンサムな実業家の写真が出ていたわ」

彼と出かけたのは二、三回どころではなかったけれど、仲よしのエリカにさえスローンとのことはあまり話していないのでそう思われたとしても意外ではなかった。「ああ、スローン・イリングウォースのこと？」いかにもさりげない口調で言ったが、心の中では彼の様子を知りたくてたまらなかった。「今日はまだ新聞を読んでいないのよ。どんな記事だった？」

ココアのマグを洗ってから寝支度をし、スローンのことを考えて眠れぬままベッドに横たわったのは真夜中過ぎだった。意識のどこかに、あの絵のことでスローンが電話をかけてくるかもしれないというかすかな期待があったことは否めない。それどころか、芸術作品にあんなことをすべきではないと言いに、わざわざ彼がフラットまでやってくるかもしれないという、おそろしく滑稽《こっけい》な想像さえしていた。覚えている限り、スローンがあの絵を芸術と認めていなかったというのに。

スローンが本当に善意からあの絵を買ったかもしれないという思いをきっぱりと振り捨

て、ホイットニーは自分のとった行動を一分たりとも後悔はしなかった。後悔するのは彼のほう。良心の呵責《かしゃく》にせいぜい苦しめばいいのだ。

エリカの話では、新聞には空港にいるスローンの写真が出ていて、これから仕事で極東に出発するところだというコメントがついていたという。写真の彼はいかにもさっそうとしていたと、彼女は言った。つまり、良心の痛みなど露ほども感じていないということだろう。記事によれば、青年実業家がいつ帰国するかは未定であるらしかった。

さらに一週間がたち、その間、ホイットニーはスローンへの憎しみをかき立てようとしたけれど、その努力は徒労に終わった。でも、少なくとも今は、電話があるかもしれないとか、彼がひょっこり訪ねてくるかもしれないとかいうむなしい期待は抱いていない。前に海外に出かけたとき、彼が三カ月もイギリスを留守にしたことを知っていたから。

スローンと最後に会ってから四週間目の日曜日、ホイットニーはひとりフラットの居間に座り、すっかりふさぎこんでいる自分にお説教を始めた。ろくなものも食べず、十分な睡眠もとらず、このままではどうかなってしまうわ。スローン・イリングウォースは母親がけがをして入院中だと嘘をつき、ホイットニーの同情心を利用して目的を果たし、そしてさっさと逃げ出した。そんな男のために食欲をなくし、不眠に苦しむなんてばかげていると思わない？

何時間にもわたって自分自身に苦言を呈し、次の日の朝、ホイットニーはもしスローン・イリングウォースが心の中にさまよいこんできたら徹底的に排除する決意でオフィスに出た。

ところがそのときすでに、避けられない運命が身に迫りつつあった。いつもよりは多少明るい気分で廊下を歩いていてトビーと出会い、挨拶した瞬間、何の前触れもなく周囲がぐるぐる回り始め、叫ぼうとするうちに目の前が真っ暗になった。

ふと気がつくと、ひどく心配そうな顔つきのトビーに抱きかかえられていた。近くに人が二、三人いて、頭を膝の間に下げたほうがいいとか、足を上げたほうがいいとかもめている。

「もう……大丈夫」体のぐあいがどうこういうより、とにかく困惑して、ホイットニーはだれにともなくつぶやいた。

「家まで送ってくよ」トビーはホイットニーの顔をのぞきこんで言った。

「家に帰るほどのことじゃないわ。もう平気」そうは言っても、立ち上がろうとするとくらっとし、足もとがおぼつかない。

トビーに支えられているのはありがたいけれど、彼は駐車場のほうに行こうとし、ホイットニーはオフィスに向かうつもりでいる。

「わかった」トビーは譲歩した。「家に帰らないって言うんなら、せめて医務室まで送らせてくれ」

「トビー」ホイットニーはうんざりして抗議する。「もう何ともないって言ったでしょう？」めまいの原因は想像がつく。最近は食べることに無関心だったので、体のほうが栄養不足を警告したのだろう。二度とこんな失態を演じないように明日はしっかりと朝食をとらなければ。

そのときミスター・パースンズが通りかかり、トビーは彼の視線を意識して慌てて言いわけをした。「今、ミス・ローフォードが気を失ったんです」

これ以上騒ぎ立てないでほしいと思いながらホイットニーは歩き始めたが、トビーがすぐに追いついてきて肘を支えた。彼はもちろん医務室のほうにリードしていく。

「ミス・ローフォードがたった今気を失って倒れたんです」トビーは医務室のドアを開け、がっしりした体格の、実務的な看護師に報告した。

「まあ、そう？　お世話さま、今のところあなたは必要ないわ」

ずっとつき添っているつもりだったのか、トビーはあっけにとられて看護師を見つめている。ホイットニーは彼のがっかりした表情に思わずほほえんだが、十五分後、医務室を出るころはほほえむどころではなかった。

途方に暮れてオフィスに戻り、ミスター・パースンズにもう大丈夫だと伝えてから席に着いたものの、ベーカー看護師との話し合いのあと頭の中に渦巻いている問題の重要性に動揺していた。二人きりになると看護師はずっと優しい口調になったが、その率直でむだのない質問は、ホイットニーはそれまで考えてもみなかった可能性を示唆した。とにかく、妊娠しているかどうかのテストを受けてみようと決めるのにさして時間はかからなかった。

その日の午後三時、ミスター・パースンズが外出中の時間を利用して、前もって調べておいたクリニックに電話をかけ、妊娠反応のテストを受ける予約を入れた。

そして金曜日の夕方、ホイットニーは妊娠を確認してフラットに帰ることになった。

これほど話し相手が欲しいと思ったことはなかった。でもだれもいない――少なくとも打ち明けることができる相手は。最初のうち、スローンと愛し合った結果こういうことになったのが嬉しいのか悲しいのかわからなかった。その夜が更けるにつれヒステリックな気分がつのり、今にもエリカのところに駆け上がり、もう一度だれかの名づけ親になるつもりはないかときくところだった。しかしまもなく冷静さを取り戻し、ものごとをいくらか客観的に考えられるようになった。

妊娠はショックだった。でも名づけ親としてエリカのことを考えたという事実が、いみじくもホイットニーの気持を代弁していた。私は赤ちゃんを望んでいる。さもなければ最初から中絶することを考えていただろう。

〝中絶〟という言葉が頭に浮かぶやいなや、ホイットニーは大急ぎでそれを打ち消した。その言葉がもたらした深い嫌悪感におぞ気をふるったのと同時に、内部に宿った新しい生命を何としても守るつもりになっている自分に気がついた。

心が決まると、気持はずっと落ち着いた。その晩、ホイットニーは早めにベッドに入り、最近にしては珍しいほどぐっすりと眠った。しかし朝の目覚めとともにスローンが頭に割りこんできて、食欲はわいてこなかった。ところが不思議なことに、子供をみごもっているという意識が動物的な母性本能を揺さぶり、朝食の支度にとりかかった。

トーストをひと切れ。そしていちばん大きなグラスになみなみとミルクをつぐ。

ミルクを少しずつ喉に流しこみながら、ホイットニーはスローンに妊娠を告げるべきかどうかと考えていた。

もちろん彼には話さなければならない。それは確かだけれど、問題は彼が知りたがるかどうかということだ。

長い間そのことについて思いをめぐらしてみても、スローンがほとんど会った瞬間から嘘をついてきたことを考えると、満足すべき結論が出るはずもなかった。

ミルクを飲み終えてグラスを洗っている間、同じ質問を自分自身に向けてみた。私は妊娠の事実をスローンに知ってほしいのだろうか？　それとも、彼の声を聞きたいあまり、妊娠したと告げるチャンスを利用しようとしているだけ？

胸の悪くなるような考えに震えて、ホイットニーは財布をつかむと近くのスーパーに買い物に出かけた。何も今日明日のうちに異変が起きるわけではないのだから、急いで結論を出すこともない。新しい牛乳パックをバスケットに入れながらホイットニーはそう思い、レジに向かった。妊娠を知ったのはほんの昨日のことで、その事実に慣れるまではむやみな行動は慎むべきだろう。いずれにしてもスローンは外国にいるのだから、どうするか決める前に考える時間はたっぷりある。

しかしその推測は当たっていなかった。キッチンで午後のお茶をいれていると電話のベルが鳴り、ホイットニーはトビーだろうと思って椅子から立った。事情が変わった今、彼とのこともはっきりさせなければなるまい。

「ホイットニー？」耳に当てた受話器から聞こえてきたのはトビーの声ではなかった。

スローンの低い声がし、ホイットニーはうろたえた。何かスマートで知的な言葉を思いつこうとあせっても頭は思うように動かない。それが無理ならせめて、彼の声を聞いただけで卒倒寸前だという事実を隠せる言葉はないかしら。

「ええ、私よ」結構クールに響いたが、スマートとか知的とかにはほど遠い。何週間か前だったら冷ややかに電話を切ったかもしれないけれど、今は彼の声が聞きたくて、ことさらしっかりと受話器を耳に押し当ててしまう。この一瞬、彼の偽りも、枕に書きなぐった〝絶対にあなたを許さないわ〟といった文字も、完全に頭から消えていた。そればかりか、妊娠を彼に告げるかどうかという重大な決定のことすら考えていなかった。というより、彼の子をみごもっているという事実さえ忘れていた、と言うほうが当たっていたかもしれない。

それを思い出させたのは純粋で激しい怒りだった。

「あのときのこと、もう許してくれた?」少し長めの沈黙のあと、スローンは言った。

「君が初めてだとは思わなかったんだ」

その瞬間、自尊心と怒りが理性を押し流した。「初めてであろうがなかろうが、望まない妊娠と引き換えにするには代償が大きすぎたわ!」ホイットニーは叫び、一分前にすべきだったことをした。つまり、火花が散るほどの勢いで受話器をたたきつけたのだ。

何という厚かましさ! 腹立たしさがつのって座ってなどいられず、ぷりぷりと部屋の中を歩き回り、その一歩ごとに、思わず妊娠のことを口走ったことを後悔していた。

三十分後、ホイットニーはまだ煮えくり返った思いのまま部屋を行ったり来たりしていた。どういう行動をとるにしろ、その前にじっくり考えるつもりだったのに……こんなふうになったのはすべてスローンのせいだ。彼にはいつもかっとさせられる。

どちらにしても状況が変わるわけではないと気づき、ホイットニーは徐々に落ち着きを取り戻していった。今までのことから判断して、妊娠について知らされたからといって、スローンが不眠に悩まされるとも思えない。

ようやくソファに沈みこんでスローンのことをぼんやりと考えるうちに、時は知らぬ間にたっていった。あんな形で妊娠を告げたのであれば、二度と再び彼に会うことはないだろう。

しばらくして外のドアのベルが鳴り、のろのろと立ち上がった。トビーかしら？　もしそうなら、彼はスローンの次に妊娠の事実を知ることになる。

階段を下りて鍵を開け、ドアを引いたホイットニーは、その週二度目の失神を経験しそうになった。訪問者はトビーではなかった。

9

どうして両脚で立っていられるのか、わからない。ホイットニーはドアのフレームをきつく握って、気が遠くなりそうな一瞬を持ちこたえた。

「大丈夫?　顔色が……」スローンは気遣わしげに言い、腕をさし伸べて一歩前に踏み出した。

「何ともないわ」ホイットニーはあとじさりして冷ややかに言う。

「ぼくたちは話し合う必要がある」彼は静かに言い、中に入るようにと招きさえしないホイットニーをうながした。「ここで話していたい?」

ひと言も答えず、ホイットニーはくるりと踵《きびす》を返して階段を上がり始めた。スローンの思わぬ出現に胸の中は蜂《はち》の巣をつついたような騒ぎだった。彼がわざわざやってきたとすると、妊娠を知って責任のいくらかを引き受けようという気があるのだろう。

すぐ後ろについてきたスローンが部屋に入ってドアを閉めるやいなや、ホイットニーは敵意もあらわに振り返った。「外国に行っていたんじゃなかったの?」

「昨日戻った」そう言ってから鋭く問いかける。「ぼくに連絡を取ろうとしたのかい?」

「うぬぼれないで!」そう言ってから、彼の子供をみごもっているのであれば、連絡を取ろうとするのが自然かもしれないと思い直した。敵意が消えたわけではないけれど、前よりは慎重に言葉を選んだ。「昨日帰国して、今日はもう仕事というわけ?」

「どうしてそう思うの?」

なぜそんなにわかりきったことをきくのかしら、といらいらするが、説明しないわけにもいかない。

「電話を切ってからこんなに早くここまで来られたとしたら、さっきはオフィスにいたと思うのが普通でしょう? あなたがどこから電話をかけようとどうでもいいけれど」オフィスからかけたのでなければロンドンの友人——それも女性——の家からかけたのかもしれない。かすかな嫉妬《しっと》がちくりと胸を刺す。

「君の言うとおり、ぼくがどこから電話をしようがどうでもいいことだ。でもさっきはヒースランズにいた」

「ヒースランズに?」あの電話がヒースランズからだったとすると、彼は猛烈なスピードで車を飛ばしてきたに違いない。さもなければお得意の大ぼらを吹いているかだ。

スローンがうなずくのを見て、ホイットニーはある恐ろしい考えにつらぬかれた。彼が責任のいくらかを引き受ける気でいると思ったなんて! 思い違いもはなはだしい。もし本当に首の骨を折る危険さえ冒してヒースランズから車を飛ばしてきたとしたら、それはまったく責任を負いたくないからなのだ。スローンが望んでいるのは妊娠を終わらせること――それも即刻。

ホイットニーは彼を罵倒《ばとう》するつもりで口を開けたが、「それ、本当の話なんだね？」ときかれて言葉をのみこんだ。

〝それ〟が何を意味するかわからないふりはしなかった。「私はあなたと違って嘘はつかないわ！」

「ぼくが嘘つきだというのか？」スローンはあくまでもしらじらしい。

「あきれたわ！　よくもずうずうしく……」その先の言葉が出てこない。一つ息を吸いこんでやっと続けた。「ええ、それは本当の話よ。昨日クリニックで確かめてきたわ。そしてもしあなたが中絶を勧めるためにヒースランズから飛んできたのなら……」

「まさか！」スローンはうめいた。「まさかそんなことは……」スローンはそこでふと口をつぐんだ。二人が怒りをエスカレートさせていっても何一つ解決はしないと気づいたようだ。彼が何を解決しに来たのか、ホイットニーにはますますわからなくなっていた。

「とにかく、君は座ったほうがよさそうだ」

よけいなお世話だと言いたいところだが、ドアの外に立っているスローンを見て以来、脚が震えっぱなしであることは否めない。

「さあ」ホイットニーを座らせてから向かい側の椅子に腰を下ろし、スローンはしばらくの沈黙のあとで言った。「冷静に話し合おう、いいね?」

「結構よ」ホイットニーは堅苦しく答える。

「まず、君はぼくの子供をみごもっている。そしてたった今君が言ったことから察すると、ぼく同様、君も中絶を望んではいない——そういうことだね?」スローンはかんでふくめるように言った。

〝ぼく同様〟という部分を信じるかどうかは別として、おおむね彼の言うとおりだ。「ええ、そのとおりよ」

スローンの唇の隅にかすかな微笑が浮かび、ホイットニーは魅了されてその笑みが広がるのを待った。けれどそれは口もとにとどまり、消えてしまった。そのとき突然、目の前にいる、何百回もの精力的な会議をこなしてきたに違いない有能な男が、今ここでひどく不安定な状態にいるという、不可思議な印象を持った。

「それなら」ホイットニーをまっすぐに見つめ、静かではあるがきっぱりとスローンは言い、彼女のほうはすぐさまばかばかしい想像を打ち消した。「答えは一つ——ぼくたちが結婚すればいい」

「結婚ですって?」驚きのあまり椅子から飛び上がりそうになる。膝ががくがくしていなかったら、おそらくそうしていただろう。ホイットニーはそれ以上何も言えず、ただ彼を見つめるだけだった。

　びっくりして口がきけないだけなのに、スローンはそれを承諾と解釈したらしく、一件落着とでもいうふうに結論づけた。「今日は土曜日」わかりきったことをつぶやき、事務的に続ける。「遅くならないほうがいいからすぐに手続きをとろう。うまくいけば特別な結婚許可証を申請して、火曜日には入籍できるかもしれない」

「ちょっと待って！」ブルドーザーで祭壇の前に押し出されてはたまらない。

「何か不都合なことでもある？」スローンはいぶかしげにきいた。

「何もかも！」

「理想を言えば、まず最初に結婚、それから子供という順番が望ましいのはわかるが、君の……その、〝普通じゃない状況〟がなかったら、なるべく早いうちに結婚して……」

「もし私の〝普通じゃない状況〟がなかったら、私たちが結婚するなんて話にはならなかったはずよ」ホイットニーはいくらか立ち直って彼をさえぎった。「でも状況はどうあれ、私のほうにはあなたと結婚する気はないわ」そしてグリーンのまなざしで彼を見すえる。

「ぼくの子供に父親のいない人生を送らせても平気なのか？」スローンは表情を石のようにかたくした。「それほどぼくを憎んでいる？」

　彼を憎む？　ああ、彼には何もわかっていない！　ともすると崩れそうになる気力を、ホイットニーは必死で支えた。ここで気弱になってはいけない。ここで気弱になったら万事体すだ。「あなたを憎んではいないわ、スローン」抑揚のない声で言った。「あなたの中にいるぺてん師を憎みはしても……」

「ぺてん師？」スローンは何のことかわからないようにきき返した。「ぼくがいつ？」口をつぐみ、それから「ああ、あのこと……」と言ってまた口をつぐんだ。

「思い当たった？」ホイットニーは意地悪く言う。

「どういう形でかは知らないが、ぼくの母のことを知ったんだね？」

「復讐《ふくしゅう》するために私をだますのは、赤子の手をひねるより簡単だったでしょう？」

「復讐だって？　それはいったい何の話？」

「もうやめて、スローン、これ以上耐えられないわ」自分がどんなにだまされやすかったかを思い、ホイットニーは苦しげに彼を見た。今だってどんなに彼の言葉を信じたいか……。「あなたは私の妊娠を知ってすぐにヒースランズから飛んできた……」その声はか細く、消え入りそうになったが、再び力を取り戻して続けた。「そして責任を回避せずに結婚を提案してくださったわ。でももういいの、帰ってくださる？」

震える声で言うと目を落とし、スカートのひだをじっと見つめたが、実際には何一つ見えてはいなかった。スローンは腰を浮かしたけれど、それは立ち去るためではなく、椅子をいっそう近づけるためにすぎなかった。

「帰るわけにはいかない、ホイットニー。だってそうだろう？　ぼくたちの間にはもっと深い、もっと多くのことがあるはずだ」椅子と椅子とは触れんばかりで、彼は三十センチと離れていないところから静かな口調で言った。「ここに来てすぐ、ぼくたちは話し合う必要があると言ったね？　でも考えてみると、ぼくのほうにいろいろ話すべきことがあるようだ」

「私にこれ以上の嘘を吹きこむつもりなら、聞きたくないわ」ホイットニーは相変わらずうつむいたまま、頑固に言う。

「もう嘘はつかない」スローンは真剣な面持ちで誓い、ホイットニーはそれを信じたいと思った。

「少なくとも嘘をついていたことは認めるのね？」彼女は辛辣《しんらつ》に言った。自分のだまされやすさを考えればそうならざるをえない。「私があなたたちの婚約をだめにしたのを恨んで、復讐しようと……」

「君が婚約をだめにしたって？」スローンが驚いたように叫ぶのを聞いて、ホイットニーはびくっと顔を上げて真摯《しんし》なグレイのまなざしを見た。「さっき君は復讐がどうのと言っていたが、そういう意味だったのか？」

「それ以外にあなたの嘘をどう考えたらいいの？　お母さまは入院中どころか、けが一つせずにアメリカにいらしたというのに？」

「母は……今、イギリスに帰ってきている」スローンは言った。「でもそれについてはあとで話そう。今は何よりも、ぼくの嘘をひっくるめて、すべてのことが復讐とはまったく無縁だってことを信じてほしい」

誠実そうな口調に心は揺れるけれど、過去の偽りが警戒心を呼び覚ました。「まあ、そう？　それは意外だわ！」ホイットニーは二度とだまされまいと心をかたくした。

「ときどき、自分でも意外に思うことがあるんだ」

ホイットニーは彼をにらんだ。どういうつもりかしら、こんなときに人の言葉じりをとらえて茶化すなんて？

「母のこと、いつわかったの？」スローンはさらに身を乗り出した。

果てしなく長い間苦しみを引きずってきたような気がするけれど、実際はそうでもなかった。「ヒースランズで。日曜日の朝ひとりで目を覚まして階下《した》に下りると、ミセス・オルトンがいて……そのときに」

「ミセス・オルトンはそんなに早く娘のところから帰っていたのか？」スローンはすぐにあの日のことを思い出しはしたが、家政婦がいつヒースランズに戻ったかについてはまったく知らないようだった。あんなに朝早く外出しなければならなかった理由が何であれ、家政婦がいつ帰ったかも知らないのであれば、彼はあれから多忙な一日を過ごしたに違いない。

「娘さんのご主人が早朝の釣りに行く途中、館《やかた》まで乗せてきてくれたと言っていたわ。

そうじゃなかったら、あなたのお母さまがミセス・イリングウォースじゃなく、ミセス・イーストウッドで、入院中どころか元気でアメリカにいらっしゃるなんてこと、私が知るはずないでしょう？　けがもせず、頭もしっかりしていらして、あの前の日にアメリカから電話をかけてこられたと、ミセス・オルトンは言っていたわ」

ホイットニーはいっきに言い終え、彼が自分の途方もない嘘にどう抗弁するつもりか、冷ややかなまなざしで待ち受けた。常識的に考えると、このばかばかしいあからさまな偽りに、ちょっとでもましな言いわけがあるとは思えなかった。しかしスローンは少しもじたばたせず、表情さえやわらげてつぶやいた。

「ああ、ホイットニー、かわいそうに。あの朝、どんなにか心細い思いをしただろうね。目を覚ましてぼくがいないのに気づいて……」スローンはそこで黙りこみ、何かに思い当たったかのようにグレイの瞳をきらっとさせた。「そうか、それでぼくを許さないと枕《まくら》に書いたんだね？　ぼくが嘘をついていたから？」胸が苦しくあえぎ始め、ホイットニーは声を出すことさえできないでいた。「口紅で書いたあのメッセージを残してヒースランズから逃げ出したのは、嘘を許せなかったからなんだね？　ぼくはまた……君に考える時間も与えずに、もしそうしていたら君は〝ノー〟と言ったかもしれないのに、強引にぼくのものにしたから、それで……」

「やめて、スローン！」混乱して口もきけなかったけれど、ようやく怒りがそう叫ばせた。

「あなたに故意にあざむかれていたと知って、私がどうすると思ったの？　ヒースランズであなたの帰りを待ち、あなたの新たな復讐を甘んじて受けるとでも？」

「復讐？」

「ええ、復讐よ！」ホイットニーはますます怒りでおかしくなってたたみかけた。「それまで私のことをどう思っていたかは知らないけれど、少なくともあの晩、ああなったとき……」口ごもり、それから再び憤然と言った。「私が一夜のゲームを楽しむタイプではないとわかったはずよ！　ミセス・オルトンの話から事実を知って、その後、あなたからまさしく〝ひと晩限りの相手〟として扱われたことに気づいたとき、私はいったいどうすればよかったというの？」

「まさか！」スローンは愕然《がくぜん》としたようにうめいたが、すっかり高ぶっているホイットニーは聞く耳を持たなかった。

「あなたに利用されたとわかってどんな気持だったか……」

「君を利用した？」怒りはスローンにも飛び火したようだ。「なぜぼくが……」

「ええ、利用したわ！」ヒステリックに叫び、たぎる憤怒にそれ以上じっとしていられず、ばね仕掛けの人形のようにぴょんと椅子から立ち上がった。「あなたの帰国を歓迎するパーティーの晩、二階のあのベッドを無断で使った私を、あなたは許せなかったのよ」スローンも立ち上がっていたが、ホイットニーは威圧的な彼の背の高さにひるむことなく続けた。「二人がベッドにいるところを見て、グレダ・コーフィールドは私たちの間に何かあったんだと思いこんだ。そうだったわね？　それで彼女はあなたとの婚約を白紙に戻した。あなたは愛する人を失った腹いせに、彼女の誤解を本当のことにして復讐したんだわ！　あなたは……」

「何を言うんだ！」ホイットニーを黙らせるには大声を出す以外になかった。「グレダ・コーフィールドとの仲はあのパーティーの前に終わっていたんだから、そのことでぼくが復讐など考えるはずはないだろう？」

思わぬ反撃にたじろぎ、ホイットニーは一瞬言葉を失った。

「パーティーの前に？」

すぐにあの夜のシーンが昨日のことのように鮮明によみがえってきて、新たな怒りに突き動かされる。そんなはずはない。あの晩グレダはベッドルームの戸口近くに立ち、〝泥棒猫のようなあなたのおかげで私たちの婚約がだめになった〟と言わなかったか？

「よくもそんなことが言えるわね」彼をひっぱたきたい衝動をかろうじてこらえ、思いきりさげすみをこめてホイットニーは言った。「今のはこれまでで最大の嘘ね」

「嘘じゃない！」スローンは荒々しく言い返したが、すぐにさっき彼の側から提案した〝冷静さ〟を取り戻そうとするように声を落とした。「こんなふうでは何の解決にもならない」そう言い、手を伸ばしてホイットニーの腕に触れた。「お願いだ、もう一度座ってくれないか。そしてぼくの話を聞いてほしい」

ホイットニーはけんか腰でスローンをにらみ、椅子に座りたくもなければ彼の口から出るそれ以上の嘘に耳を貸したくもないという意思表示をした。しかしかげりのないグレイの瞳を見つめるうち、スローンのような男性が、彼女のこんな態度に驚くべき辛抱強さで耐えていることに妙な感動を覚えた。それにしても、この期に及んで彼は何を話そうというのだろう？　彼の行動の動機が復讐であったなら、目的を達した今、何も話す必要はないはずではないか？

譲歩するのは彼にチャンスを与えるためというより、自分自身の好奇心を満足させるためだと自らに言い聞かせ、ホイットニーは静かなグレイの瞳から目をそらし、さっきまで座っていた椅子にもう一度沈みこんだ。スローンも自分の椅子に戻ったが、腰を下ろす前に椅子と椅子とをさらにくっつけた。こんなに近くからでは互いの表情を何一つ見逃すことはないだろう。ホイットニーは一抹の不安を覚えたが、皮肉の仮面に本心を隠した。

「あなたの話はもちろん〝昔々あるところに〟で始まるんでしょうね」

スローンがむっとしたように顎を上げたところを見ると、彼の話など最初から信じるつもりはないというほのめかしが通じたのだろう。しかし表面はともかく内心は混乱状態で、ささいな得点を喜ぶ気にもなれない。

「たぶん、君にそう言われてもしかたないのかもしれない」

「たぶん？」ホイットニーは嘲笑《ちょうしょう》する。

「今までのぼくのあいまいな態度とか、ときたま織りまぜた嘘とかを考えると、信用されなくて当たり前なんだろう」

「ご立派なざんげだこと！」

「しかし」彼は皮肉に気づきながらもそれを無視した。「これは本当だ――グレダ・コーフィールドとの婚約はあのパーティーのだいぶ前に解消していた」

「ええ、ええ、そうでしょうとも。あなたたちの婚約は解消ずみ。でも運悪く、あなたはそのことをフィアンセに言うのを忘れたのね？」

「そうじゃないんだ！」スローンはいらいらと口を挟んだ。「あれが三カ月ぶりで帰国するぼくのための歓迎パーティーという触れこみだったのは知っているね？　でも君にも、そしておそらくほかのみんなにもわかっていなかったことがある。それは、あのときはすでにグレダとは終わっていたってことだ。グレダはそのことを君たちに言うのを忘れたんだろうが、ぼくはまず国際電話で、それから手紙で、そればかりかヒースランズに帰ってすぐ面と向かって、婚約の解消を彼女に伝えた。そのことについてグレダが思い違いをするはずはない」

「残念ながらあまり説得力はないわね、スローン」ホイットニーは臆面《おくめん》もない嘘にあきれ果て、辛辣に言った。「今までの嘘のほうがよほどもっともらしかったわ。私自身の母が父の裏切りに動揺し、精神的に混乱したまま交通事故で死んでしまったので、それであなたの嘘がもっともらしく聞こえたのかもしれないけれど……」

「ああ、ホイットニー、そうだったのか。君のお母さんが亡くなったという話は聞いたが、そんな事情だとは知らなかった。知っていたらあんな嘘はつかなかっただろう」

「話がそれてしまったわ」優しさを増したスローンの声と愛する母の思い出が一緒くたになって心のとりでに亀裂を作ったが、弱みをけどられまいとホイットニーはそっけなさを装った。「とにかく、あなたの言うことは信用できないわ。愛し、結婚の約束までした相手に繰り返し婚約の破棄を申し渡されて、それでもなおその人のために歓迎パーティーを計画する、そんな女性がどこにいるかしら？」

「グレダ・コーフィールドはぼくを愛していなかったし、ぼくのほうも彼女を愛してはいなかった！」

その激しさに驚き、ホイットニーは思わずまじまじと彼を見つめた。グレダを愛していなかった？　その言葉を信じられたらどんなにいいだろう。いずれにしても状況が変わるわけではないけれど。

「その次は、グレダと婚約した覚えもない、と言いたいんじゃない？」スローンがどんなに嘘八百を並べようが、それでも彼を愛さずにはいられない自分が歯がゆくてならない。

「いや、そうは言わない。グレダと婚約していたのは事実だ」スローンは抑制を取り戻して続けた。「しかし海外に出かけていた時期に、グレダが婚約中の女性にはあるまじきふるまいをしているという話が伝わってきた。彼女がぼくの指輪をして無分別に遊び回っていると知って、傷つくというよりいらだたしかった。そしてそのとき初めて、彼女を愛していない事実に気づいたんだ」

「でも……」スローンの話にひと言もさしはさむまいと思っていたのに、ホイットニーは思わず言っていた。「もしかしたら、あなたにその話を伝えた人が、何か考え違いをしていたのかもしれないわ」

スローンは首を横に振った。「ぼく自身、その情報を調査して確かめた。そして、グレダに電話をかけても彼女が苦しむはずはないという結論に達したんだ」

「電話って、婚約を破棄すると知らせるために？」

「そう。ところが話の内容に気づくやいなや、彼女は電話回線がどうかしたかのような演技をして、こっちの話が聞こえないふうを装った。でもそのときちゃんとぼくたちの婚約が終わったことを理解したはずだ」

「グレダが……あなたを愛していなかったって、本当なの？」

「本当だ」かつての婚約者に愛されていようがいまいがまったく意に介さないといった様子だ。

「それで、あなたはどうしたの、グレダが聞こえないふりをしたあと？」

「電話を切り、同じことを手紙に書いて送った」

ホイットニーはうなずいたが、彼の言ったすべてをにわかに信じるわけにはいかなかった。「もし二度もあなたから最後通牒《つうちょう》を突きつけられたのだとしたら、グレダはなぜあなたのためにパーティーを計画したのかしら?」

「グレダの言い分はこうだった」スローンにはあらゆる質問に答える用意があるようだった。「電話では話が聞き取れなかったし、手紙は受け取った覚えがない」

「本当にそうだったのかもしれないわ」

「三カ月の旅行に出る前から事実上ぼくたちの仲は終わっていたんだ。その三カ月間で、ぼくは彼女に電話一回、手紙を一通出したきり。普通の恋人同士だったらそうはいかないと思うね。万一グレダが婚約の解消を知らなかったとして、電話から二カ月半も何もせずにほうっておくだろうか? もし本当に回線がおかしかったなら、会社に連絡するなり何なりでぼくと連絡を取ろうとするのが普通じゃないか?」

ホイットニーは自信に満ちたブロンド美人を思い出し、スローンの考えかたに同意しないわけにはいかなかった。「ええ、たぶん……」そうは言ったが、自分が彼を信じ始めているという自覚はみじんもなかった。

スローンは小さくほほえみ、あの運命的な夜に話を戻した。「仕事に忙殺された三カ月の旅行から帰ったあの晩、ぼくはとてもパーティーを楽しむ気分ではなかった」

「そして、腹を立てた？」

「というよりうんざりしたね。車寄せはもちろん、芝生の上まで車があふれ、家の中からはすさまじい騒音が聞こえてくる。しかしぼくの望みはただ一つ、ベッドにもぐりこむことだった」

ホイットニーにはスローンの気持ちがよくわかる。あの晩、彼女自身も騒々しいパーティーから抜け出してベッドの安らぎを求めたのだから。「でも、帰ってからグレダと会ったのでしょう？」

「すぐにね」スローンはうなずいた。「グレダはぼくが喜んでいないことを感じ取ったらしく、客の前で大騒ぎはしないでほしいと、いくらか慌てた様子で頼みこんだ」

「あなたはグレダを好きにさせ、そして……あの、ベッドに入ったの？」

「幸いミセス・オルトンが気をきかせていくつかの部屋に鍵《かぎ》をかけておいてくれた。ぼくはとりあえず書斎を開け、そこにグレダを連れていった。そのとき改めて婚約の無効を伝えたのだから、そのことについてどんなささいな誤解さえ入りこむ余地はなかったはずなんだ」

「で、グレダは？」

「今にも涙を流さんばかりだったが……」スローンは無造作に肩をすくめ、ホイットニーの大好きな、あのほのかな笑みを口もとに漂わせた。「婚約指輪は返さなくていいと言うと――そのとき彼女はまだあれをはめていたからね――すぐさま機嫌を直したよ」

グレダの指に輝いていたサファイアとダイヤモンドの婚約指輪がいかにも値の張りそうなすばらしいものだったことをホイットニーも覚えている。

「でも、グレダはあなたのベッドルームのドアを開けて、私のせいで婚約がだめになったといわなかった？」

「そう、グレダの言葉ははっきり覚えている。でもあれはお芝居だったんだ」

「お芝居？」

「そうさ、彼女一流の演技だった。ぼくたちが書斎で話し合ったあと、グレダは客の前で恥をかかせないでくれと言った。婚約解消については彼女の口からみんなに知らせると言うんだ」

「それで？」

「さっきも言ったように、ぼくは疲れ果てていた。婚約解消についてグレダがどんなふうにみんなに伝えるか、そんなことはどうでもよかったんだ。とにかく一刻も早くやすみたくて、即刻客を追い出すという条件でぼくは引っこんだ」

「グレダはすぐにみんなを帰さなかったわ」

「そうだった。ぼくは物干しざおの上でも眠れるくらい疲れていたんで、二階に上がって部屋に入り、すぐにベッドにもぐりこんだんだが、その前に服を脱いだかどうかさえ覚えていなかった。もちろん、自分のベッドの端っこがすでにだれかに占領されているとは夢にも思わずにね」

「ご、ごめんなさい」ホイットニーは赤くなってつぶやき、目を伏せた。

「謝ることはない」スローンは静かに言った。「枕に頭をつけたとたん眠りこんでしまって、いかにもぼくに裏切られたかのような真に迫った演技を始めたグレダにいきなり起こされたとき、ぼくだって君に劣らないほど面くらったんだ。彼女は婚約解消の事実を自分の口からみんなに知らせたいと言った。そしてあれが彼女のやりかただったってわけさ」

「裏切ったのはあなただということにして面子《メンツ》を保ったのね」

「あの晩、ぼく自身があの連中を追い払わない限り、とうてい安眠は得られなかったと思う」

「ベッドルームを出ていったのは、グレダがよんだ客を追い出すためだったの?」ホイットニーは目を丸くして彼を見つめた。「私はまた、あなたがグレダと仲直りをしにほかの部屋に行ったのだとばかり……」

「グレダにも、ほとんど酔いつぶれた彼女の友人たちにもうんざりだった。とにかく自分の家を自分ひとりの手に取り戻したかったんだ」

「でもひとりになれなかったわね。まだ私が残っていたんですもの」

「君は残り、そしてぼくは……」スローンは感慨深げに言った。「ほめられた話じゃないが、ぼくは嘘をつくようになった」

ホイットニーはふとわれに返った。そうだった。彼は嘘をついてきた。それなのにいつの間にか彼の言うすべてに真剣に耳を貸しているなんて！「私ほどだましやすい人間はいないでしょうね」彼にというより、自分自身に無性に腹が立ってくる。「今までさんざんだまされてきたのに、私ったらあなたが並べ立てる出まかせをもう信じ始めていたんですもの！」椅子から立とうとするが、スローンの手に押しとどめられてしまう。

「出まかせなんかじゃない、ホイットニー、本当のことなんだ。今日ここに来てから口にしたことは百パーセント真実だ、信じてほしい。最初のうちは自分でもなぜかわからなかったんだが、君に会ってから、生まれて初めて嘘の裏に隠れている自分に気がついたんだ」

立ち上がるのはあきらめ、ホイットニーはもう少し深く椅子に沈んだ。「もし、例えばの話よ」こわばった唇の間から無理やり言葉を押し出した。「あのパーティー以前に婚約が撤回されていたというあなたの言葉を信用するとして、もし復讐が目的でないなら、何週間かして私のオフィスに電話をかけてきたのはなぜ？　私が食事の招待に応じたのは、あなたたちの婚約をもとどおりにするお手伝いができたらと思ったからだってことはわかっていたでしょう？　それなのに、なぜあのとき、お母さまが事故にあったなどという恐ろしい嘘をつく必要があったの？」

「君と初めて食事をしてから二週間、ぼく自身同じことを考え続けていた。ヒースランズで君と会って以来、ぼくは執拗《しつよう》に頭から離れようとしない君の思い出に悩まされ続けた。三週間待ってみようと思った。つまり、三週間もたてば君は完全にぼくの中から消えているはずだと思ったんだ。ところがそうはいかなかった。で、とにかくもう一度君に会う必要があると考えたんだ」

「何だか精神分析でもしているみたい」彼の言葉に心が大きく揺れるのを意識しながら、ホイットニーはことさらそっけなくつぶやいた。

「そしてふと、自分が理屈抜きで、ただ会いたいからという単純な動機で君を誘ったんだってことに気がついた」

喉がつまったような感じで、ホイットニーはいかにも無関心そうに「そうなの？」と言ってから、実際にはっきりした声が出たことに驚いていた。

「あの夜、君がぼくの誘いに応じたのは、ぼくに会いたいからではなかった。君の言葉からそのことを知ってどんなにショックだったか」

「あのとき、〝グレダ・コーフィールドとの結婚はありえない〟と言ったあなたの言葉は本当だったのね」ホイットニーは彼らが初めて出かけたレストランでの会話を思い出していた。「そして、こと母親に関する限りひどく感じやすくなるという私の弱点を突いて、あなたはお母さまが事故にあったという話をでっち上げた」

「それは否定できないが、ぼく自身、それから二週間、君のために大嘘つきになった自分が不思議でならなかった」

「私のせいだと言いたいの?」

「君以外のだれのせい?」スローンは膝の上のホイットニーの手を握りしめ、グリーンのまなざしをしっかりととらえた。「それまでは女性に嘘などついたこともないのに、自尊心が傷つくのを恐れるあまり、君の前ではどうしても正直になれなかった」

「ほめられているのか、けなされているのかわからないわ」ホイットニーは皮肉っぽく言おうとしたが、その声はただ弱々しく響いただけだった。

「君に会って……」手を引っこめようとしても、スローンはしっかりと握ったまま放そうとはしない。「いつもの冷静な自分を見失ってしまったんだ」

突然の告白を受けたとたん、ホイットニーは彼に手を握られているのか、それとも彼女自身が彼の手を握っているのか、判断がつかなくなった。

「それで悲観的になってみたり、自分が何を言い、何をしているのかさえわからなくなったり……今思えば、君に会った瞬間から、ぼくは喜びと苦悩と不安とが絶えず交錯する状態に陥ったんだと思う」

スローンの言葉はそっくりそのまま彼に会ってからのホイットニーの心境を表現している。しかし彼ほど自信たっぷりな男性が混乱していたと信じるのは難しい。

「最初、ぼくはひどく不機嫌だったね？」スローンは続けた。「家をさんざん荒らされたことに腹を立てていたんだ。でもそのあと、寝不足をいくらか解消して階下に下りたら、君はカウチで眠っていた」

「私……ええ、覚えているわ」ぎこちなく言い、スローンの唇をやわらげた優しい微笑に、あの朝彼に手を引かれて立ち上がったときの、息づまるような感覚を思い出した。

そしてスローンが静かにこう続けるうちに、まさにあの朝と同じ感動がよみがえってきた。「あのとき、君の平和な寝顔を見ていて、心の中で何かが起こりつつあるという感じを持ったんだ」

「何かが？」説明のつかない感情にとらえられ、ホイットニーは誠実なグレイの瞳に目を凝らした。スローンが嘘をついているかもしれないというほんのわずかな疑惑も今はない。

「それが何か……わかった？」

「そのときはわからなかった。そのときはただ、君が寒くないように毛布をかけなければいけないと思っただけで」

「そう？　でも、毛布はかかっていなかったわ」

「取りに行こうとしたら君が目を覚ましたんだ。そして、君の瞳は息をのむほどにすばらしいグリーンだった。あの瞬間、君のことをもっとよく知りたいと感じたんだと思う」

「いいえ、そんなふうじゃなかったわ！」ホイットニーは夢見心地の気分から現実に立ち戻った。「私の記憶では、あなたは私が目を開けるが早いか不機嫌にかみついてきたでしょう?」

「ぼくの記憶では、君は目を開けるが早いか時刻をきき、家に帰る算段をし始めた。ぼくはその日一日を君と過ごしたいと思っていたのに」

確かにそうだった。「私……」何か言おうにも反論ができずに口ごもる。

「君にあんな態度をとられたんでは、その後連絡したくてもなかなかできなかった」

「でも私に電話をかけてきたでしょう?」

「二十日たってもまだ君のことが忘れられなくて、ついにギヴ・アップしたってわけだ」

「あなたは本当に……私に会いたかったの? つまり、グレダとの橋渡しに利用できると思って、それで私を誘ったんではなかったのね……ええ、そうだわ、あのときすでにグレダとの仲は終わっていたんですもの。あなたは私と、この私とデートをしたかった……本当に?」

「本当だとも」スローンはうなずいた。「ぼくはあの晩、美しくて楽しくてユーモアのセンスにあふれた君にすっかり魅了されてしまった。それなのに君のほうは、ぼくに会いたかったわけでも、興味があったわけでもなく、ほかのだれかとの仲を取り持つつもりでぼくの招待を受け入れただけだった。あの場合、ぼくはどうすればよかった?」

「そのことで私を責めることはできないわ」彼の言っているのが自分のこととはとうてい

信じられない気がする。「最初、あなたたちの婚約をだいなしにしたのは私だと思いこんでいたし、あなたにもはっきりそう言われたんですもの」ホイットニーは非難がましい目でスローンを見つめた。「実際は、私とは関係なく婚約はすでに解消されていたのに、あなたはそのことを隠していたでしょう？　それに、もし動機が復讐でないとしたら、あなたのお母さまのことでずっと嘘をついてきたことをどう説明できて？」

「それはぼくのプライドだ」スローンは迷わずに答える。「プライドがぼくにあんな嘘をつかせたんだ。君はぼくに関心がないことをはっきりさせた。そのことでぼくは苦しみ、君に本心を知られまいとして嘘をついたんだと思う。あのとき、君がぼくに対して何の感情も抱いていないなら、二度と連絡はしまいと決心したんだが……」

「それでオフィスに電話をかけてきて自宅の番号をきいたとき、あんなにぶっきらぼうだったのね？」スローンはうなずき、ホイットニーの心にじわじわと温かいものが忍びこんできた。

「決心も二週間が限度だった。日曜日に思いきって君の自宅に電話をしたがその日は留守で、翌日電話に出た君は、前の晩はほかの男と出かけていたと言った。ぼくは嫉妬《しっと》にかられ、プライドに加えて防衛本能までかり出す始末だった」

「あなたが……嫉妬を？」心臓が外から見えるほどに打ち始め、息苦しさにささやきほどの声しか出ない。

「嫉妬で気がおかしくなりそうだった。なぜ君に嫉妬をしなければならない？　ぼくの防衛本能はその答えを出ししぶった。とにかく、君がほかのだれかとデートするのだけはやめさせたかった」

「ああ、スローン」ホイットニーはあえぎ、何もかもが解決したわけではなかったが、とぎれとぎれにささやかずにはいられなかった。「つまり……あなたが言っているのは……」

スローンは長い間、じっとグリーンの瞳の奥を見つめていた。

「ぼくが言っているのは」やっと口を開く。「君に拒まれるのが怖くてあんな嘘をついたってこと。それをひと言で言えば、ホイットニー、君を愛しているということだ」

「ああ……」かすかなそよ風のようなため息がもれる。「スローン。あなた……そういうことで嘘をつきはしないわね？」

「君は、つまり、そのことが君にとって何らかの意味があるってことなんだね？」スローンは緊張した様子でホイットニーの手をきつく握りしめた。「信じてほしい。今までの嘘を考えれば、ぼくの言うひと言たりとも信じてもらえないとしてもしかたないと思う。でもほかのすべてはどうあれ、全身全霊で君を愛しているというぼくの言葉だけは信じてほしい」

その誠実さに偽りはなく、ホイットニーは今にも胸が炸裂《さくれつ》するような歓喜を覚えた。彼を信じたい。そしてあらゆる本能もそうすべきだと叫んでいた。

「スローン」震える声でささやいた。「何と言ったらいいか……」

輝くグリーンの瞳をとらえ、スローンは改めてしっかりとその手を握った。「まず最初に、ぼくを憎んでいないと言える？」

「憎んでいないわ」

「次に、ほんの少し、ぼくを好きだと言って」

「好きだわ……とても」

「それから」スローンは息をのみ、かすかな不安をのぞかせた。「もしかしたら、ちょっとばかりぼくを愛しているって」

「ああ、スローン」感動のあまり泣きだしたいくらいだ。「愛しているわ、これ以上愛せないくらいに！」

「本当に？　嘘ではないね？」彼の目に予想もしなかった苦しみがあった。「仕返しに嘘をついているんじゃないね？」

「こういうことで嘘なんかつかないわ、スローン、信じて」

「ああ、ホイットニー、マイ・ラヴ！」スローンはいきなりホイットニーを引き寄せた。何がどうなったのかわからないうちに、ホイットニーは彼の膝の上に、熱い抱擁の中にいた。

「いつから？」何分かのち、スローンは彼女を抱いたまま、上気した顔を見つめて問いかけた。「ぼくを愛していると気がついたのはいつ？」

「初めてキスをしたあの夜から」今となっては何一つ隠しておく必要はない。

「あの夜？　あの夜、ぼくは手がつけられないほど不機嫌だった」

「ええ、最悪な晩だったのは認めるわ」

「本当にひどい晩だったね」スローンはにっこりして、昔を思い出すように感慨深げにつぶやいた。「君に一刻も早く会いたくてスイスでの仕事を記録的なスピードで片づけたというのに、電話口で君はトビー・ケストンと約束があると言ったんだ。そのあと、ぼくがまだ嫉妬から立ち直れずにいるときに、こともあろうに君の昔の恋人が現れた」

「ダーモットは恋人ではなかったわ。つまり、世間一般で言うような意味では」

「わかっているさ、マイ・ラヴ。でもあのときはそうは思わなかった。そのちょっと前に、彼に妻子があることを知らずにつき合っていたと言ったね？　だから君たちが深い関係になっていたのだと……」

「そうじゃなく、彼が結婚しているとは知らずに夢中になっただけ。でも、本当を言うと、あなたに会うまで、恋する気持がどんなものか、全然わかっていなかったような気がするわ」

キスを交わし、まなざしを交わす間、部屋の中は静寂に包まれていた。

「あなたはいつから？」頼もしい腕の中で満ち足りて、ホイットニーはきいた。

スローンはその質問の意味を問い返したりしなかった。「君を愛していることはだいぶ前からわかっていたように思う。しかし婚約を解消したばかりで、〝愛〟と名のつくものには懐疑的にならざるをえなかった。実はぼくも……」小さく笑う。「君に会うまで本当の恋愛感情というものを知らなかった」

「本当の意味でグレダを愛してはいなかったということ？」

「君への感情の激しさを知った今、グレダを愛したことはないと断言できる。君への愛は自己防衛のとりでの後ろに隠されていたんだ。そのとりでは、君にキスをし、君がダーモット・セルビーを愛しているはずはないと確信したあの晩に崩れ始めたが」

「私があなたへの愛に気づいた、あの晩に？」

「君を愛していることはその前からわかっていたんだと思う。でもその感情を容認する準備ができていなかった。実際、君への思いをはっきり認めたのは、あの土曜の晩から一週間たった金曜の夜のことだった。そしてそのとき、それまでの嘘も含めて、君にすべてを話そうと心に決めたんだ」

「それで土曜日の朝電話をかけてきて、私をヒースランズによんだのね？」

「そのとおりだ。君のフラットではいつお隣さんがドアをノックするかわからないからね。絶対に邪魔の入らないところで話したかったんだ」

「そしてあの晩、たまたまミセス・オルトンが休みを取ったというわけ？」

「ぼくが休むようにと言ったんだ。で、君を迎えに行くついでに彼女を娘さんの家まで送っていった」

「車の中で、あなたはとても静かだったわね？」

「いろいろ考えていたから。君に何もかも打ち明けるつもりでいたんだ。ところがすばらしい夜をだいなしにするのが不安で先延ばしにしているうちに、君はあと片づけをして帰ると言い出し、これ以上延ばすわけにはいかないと決心した矢先に……」

「キャセロール鍋《なべ》が手から滑り落ちて私の服がずぶ濡《ぬ》れになった？」

「そのあとのことは説明するまでもないね」スローンは愛情あふれるキスをした。「すべてを話す前にあんなふうになってはいけなかったのかもしれない。でも君を腕に抱いたとき、ぼくの頭には理性のかけらも残っていなかった。君を愛し、君もちょっとだけぼくを愛してくれていると感じた。ぼくを許してくれるね、ホイットニー？」

「そんなこと、きかなくてもわかっているでしょう？」キスを返し、頭の隅に残っていた疑問を口にした。「スローン、あの朝、あなたはなぜ私をひとり残して消えてしまったの？」

「そのことでぼくはひどく君を傷つけてしまったようだ」彼はいったん口をつぐみ、それからさらに続けた。「そんなつもりは毛頭なかったんだが。ぼくたちは明け方に愛し合ったね？　君は君自身を惜しみなく与えてくれた。それでぼくは、愛されているという確信に近い気持を持った。そのあと君は再び眠り、その寝顔の美しさに、今にも君を起こして〝愛している〟と叫びたいくらいだった」

「そうしてくれればよかったのに」

「今となればぼくもそう思う。でもそのときは、疲れ果てて眠る君を起こすべきではないという声に押しとどめられた。君はぐっすり眠っていた。まだ何時間かは目を覚まさないだろうと思ったぼくは、美しい赤いばらを探しに行こうという途方もない衝動に逆らうことができなかった」

「赤いばらを？」

「そう。赤いばらを。目を覚ました君が首をめぐらし、隣に置かれた赤いばらを見てほほえむ。ぼくはもう一度、あの優しい、夢見心地のほほえみを見たかった。そして君の笑顔に唇を寄せ、結婚してほしいとささやきたかった」

「結婚？　あなたはあの朝、プロポーズをするつもりだったの？　ああ、スローン、そのことを知っていたら！」

「日曜日の早朝、理想的な赤いばらを見つけるのは思ったより時間がかかった。だが、やっと見つけたばらを持ってそっと部屋に戻ったのに君の姿はなく、花を置くつもりだった枕に口紅で書かれたメッセージを見て、ぼくは傷つくどころかぺしゃんこにつぶされてしまった」

「ああ、ごめんなさい。私ったら、あなたの気持も知らないで勝手な結論に飛びついてしまったのね」

「いいんだ、今はもう。もとはといえば、すべてぼくが悪かったのだから」スローンは急いで言った。「あれからすぐ車に飛び乗り、あとを追おうとしたんだ」

「途中で考えを変えたの？」

「さほど走らないうちに道路際に車を寄せ、性急な行動はとらないほうがいいと考え直したんだ。　慌てて君を追いかけても門前払いをくわされるだけかもしれない。君の愛を確信し始めたところにあの赤いメッセージだ。ぼくを許さない——つまりぼくは愛されていないどころか、起こったすべてに責任ありと断罪されていた。ぼくたちの甘美な一夜を、生まれて初めて君自身をぼくにゆだねたことを、君が深く後悔しているという、はっきりした証拠に思われた」

「あのときは後悔していたかもしれない。でもそれはミセス・オルトンの口からあなたの偽りを知ったから。私はあなたを愛するあまり、あなたのものにならずにはいられなかったの」ホイットニーは恥ずかしそうにうつむいた。

スローンは彼女の両のまぶたに羽根のようなキスをした。「あのあとどこをどうさまよったのか、ぼく自身まったく覚えていない」心を開き合った今、何もかも話さなければ気がすまないかのように続ける。「君がぼくに会いたがるはずもない。そう思ってあの絵を送ったんだ。君はあの絵を気に入っていたね？　だから君と何らかの話をするきっかけになるかもしれないと期待したんだが、送り返されてきた絵はめちゃくちゃに引き裂かれていた」

「本当にごめんなさい。でも……カードにはだいぶ前にあれを買ったと書いてあったけれど？」

「それは事実だ。ギャラリーであの絵を見た翌日に買ったんだから。あのとき君の輝く瞳を見て、生まれて初めて、胸が高鳴るとはどういうことかを知ったんだ」

「本当に？」

「本当さ。あの日すでに君を好きになっていたのは確かだが、それを認める用意がなかった。とにかく、ギャラリーであの絵を買い、君の住所を書く段になって……」

「また考え直したというの？」ホイットニーは幸せそうに笑いながらひやかした。

「当たり」スローンも笑う。「グレダから自由になったばかりで新しい愛にのめりこむには早すぎると思った」

「今は？」

「早すぎるどころか、君にはたっぷりとじらされたよ。もう十分だ」グレイのまなざしが優しくにらむ。「あの絵が送り返されてきてから、何度電話をかけようと思ったかしれない」

「でも、かけてこなかったわ」

「かけられなかったんだ。〝あなたを許さない〟というメッセージに続いて、〝あなたを憎む〟と言われたらチャンスはなくなる。それからすぐに海外の事業に問題が起こって飛行機に飛び乗らなければならなくなった。それが落ち着いたあと初めて、自分の人生についてゆっくりと考えてみた。そしてわかったんだ、君に会えない苦しみにそれ以上耐えられそうもないと」

「それで、帰国してすぐ電話をくださった？」

「そう。でもその前に、船で旅行中の母に連絡を取ってすぐにヒースランズに来てほしいと頼んだんだ」

「何ですって？　なぜ？」

「君に電話して、〝母が来ているから会ってほしい〟と言うために。そうでも言わなければすぐ電話を切られてしまうかもしれないからね。でも母が到着していざ電話をかけると、すっかり動揺してしまって用意していたせりふを忘れてしまった。それでいちばん気になっていた言葉が口から飛び出したんだ……あのときのことを許してくれたかどうか、と。君の答えにぼくは打ちのめされた」

「あんなに早くここに来るなんて、ずいぶん乱暴な運転をしてきたんでしょうね？」

「たぶん……よく覚えていないが。〝望まない妊娠〟という言葉が耳に残って、君がぼくたちの子供を産まないつもりなのかもしれないと思うと矢も盾もたまらなくなった。一刻も早く会わないと、君に結婚を承諾させるわずかなチャンスさえ失うと思ったんだ」

「まあ、スローン」涙が目の奥をちくりと刺す。「でも、そのために結婚してくださる必要はないのよ」

「ホイットニー、まだぼくを苦しめたいのかい？　お願いだ、来週、準備ができしだい結婚すると約束してほしい！」

「言っておくけれど、私は一度した約束は絶対に破らないタイプなの。それでもいい？」

「ぼくもさ。さあ、ぼくのあとから言って。私は……」

「私は」ホイットニーは繰り返す。

「できるだけ早く」

「できるだけ早く」

「スローン・イリングウォースと結婚することを誓います」

「スローン・イリングウォースと結婚することを誓います」

「次はキスだ」スローンの命令は終わらない。

「結婚してからもこんな調子で命令されるの？」

「知っているだろう、ぼくは君の言いなりさ」スローンはほほえみ、優しく唇を重ねた。

●本書は、1990年5月に小社より刊行された作品を文庫化したものです。

ハロー、マイ・ラヴ
2023年10月1日発行　第1刷

著　者　ジェシカ・スティール

訳　者　田村たつ子（たむら　たつこ）

発行人　鈴木幸辰

発行所　株式会社ハーパーコリンズ・ジャパン
東京都千代田区大手町1-5-1
03-6269-2883（営業）
0570-008091（読者サービス係）

印刷・製本　中央精版印刷株式会社

定価はカバーに表示してあります。
 ISBN978-4-596-52570-3

10月12日発売 ハーレクイン・シリーズ 10月20日刊

ハーレクイン・ロマンス
愛の激しさを知る

王子と土曜日だけの日陰妻	ミシェル・スマート／柚野木　菫 訳
ドラゴン伯爵と家政婦の秘密 《純潔のシンデレラ》	アニー・ウエスト／小長光弘美 訳
小さな愛の願い 《伝説の名作選》	ベティ・ニールズ／久坂　翠 訳
新妻を演じる夜 《伝説の名作選》	ペニー・ジョーダン／柿原日出子 訳

ハーレクイン・イマージュ
ピュアな思いに満たされる

灰かぶりとロイヤル・ベビー	ディアン・アンダース／西江璃子 訳
見捨てられた女神 《至福の名作選》	サラ・モーガン／森　香夏子 訳

ハーレクイン・マスターピース
世界に愛された作家たち
～永久不滅の銘作コレクション～

秋冷えのオランダで 《ベティ・ニールズ・コレクション》	ベティ・ニールズ／泉　智子 訳

ハーレクイン・プレゼンツ作家シリーズ別冊
魅惑のテーマが光る極上セレクション

嫌いになれなくて	ダイアナ・パーマー／庭植奈穂子 訳

ハーレクイン・スペシャル・アンソロジー
小さな愛のドラマを花束にして…

あなたの知らない絆 《スター作家傑作選》	ミシェル・リード他／すなみ　翔他 訳

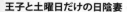

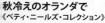

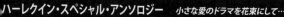